AF578090

Barbara Battistelli

LE SIGNORINE IN CUFFIA

White Cocal Press

In copertina
Disegno di **Maria Sole Costanzo**
www.thetriestiner.com

Direttore editoriale
Diego Manna

Edito da
White Cocal Press
via Biasoletto 75
34142 Trieste
manna@bora.la
www.bora.la

Prima edizione: maggio 2023
ISBN 978-88-31908-78-8

Gli alberi pescano pescano
L'anima di questo mondo
Immergendo le radici
e abbracciando l'equatore
Vorrei tu facessi lo stesso
con la mano sul mio cuore
Quando mi guardi negli occhi
vorrei finire nel frullatore

Takagi & Ketra
La luna e la gatta

DECALOGO DELLE TOP GANZE

1. Non esistono segreti.

2. Non si pasturano gli orti altrui.

3. Non ci si alza dal tavolo prima
di aver terminato la terza birra media.

4. I vocali non possono superare il minuto.

5. Se sei a dieta, non scassare le palle alle altre.

6. La tua nemica è la mia nemica.

7. Se le altre ti consigliano di non scrivergli,
tu non scrivergli!

8. Se ho bisogno di sentirmi dire che ho ragione,
mi devi dire che ho ragione, senza riserve.

9. Alle top ganze si dà buca solo in caso di appuntamento con un figo.
E se è figo, lo giudicano le altre.

10. «Dai, non pensarci, passerà», lo dici a tua sorella. Se ho bisogno di lamentarmi, mi ascolti per tutto il tempo che serve.

FEBBRAIO

Imprecai mentalmente. Con tutti i colleghi carini con cui non mi sarebbe dispiaciuto socializzare, mi toccava proprio lui. Mi metteva agitazione, così solitario, scontroso. Del resto, si trattava solo di un viaggio in macchina. Mi chiesi come mai uno dei più grandi gruppi assicurativi al mondo potesse mostrarsi così taccagno in merito ai rimborsi spese dei dipendenti, obbligandoci a stiparci in un unico mezzo. Stavamo parlando di un percorso di un paio d'ore al massimo, da Trieste fino alla sede direzionale di Mogliano Veneto, ma evidentemente andare con una sola macchina costituiva un *saving* determinante per il bilancio societario. Sospirai. Forse, con decine di migliaia di dipendenti nel mondo, erano proprio quelle piccole attenzioni che facevano la differenza tra l'utile e la perdita.

«Glielo devo dire io?» chiesi a Lorenzo, il mio capo.

«L'ho già avvisato, tranquilla. Vai a metterti d'accordo con lui che non ti mangia.»

Gli lanciai un'occhiataccia, poi attraversai l'Area Vendite per raggiungere la postazione di Piero. Nascosto dietro lo schermo del computer, il mio collega, che aveva la funzione di rispondere ai reclami della clientela, alzò gli occhi su di me soltanto nel momento in cui bussai discreta sul divisorio che schermava la sua scrivania.

«Viaggeremo assieme domani, a quanto pare», gli dissi, con un sorriso timido.

«Sì, Lorenzo me l'ha detto. Con che macchina andiamo?» mi rispose. Aveva una voce nasale, non propriamente piacevole, ma particolare.

«Possiamo prendere quella aziendale», risposi, mostrandogli le chiavi che avevo già preso in consegna.

«Da qui ci vogliono un paio d'ore.»

«Sarà una levataccia.»

«Se vuoi io guido, tu dormi», propose con un debole sorriso.

Mi rilassai leggermente. Non sembrava sgarbato come avevo temuto. «Affare fatto. Alle sette?»

Lui annuì. «Facciamo sette e mezza alla stazione di Monfalcone. Io vivo lì vicino.»

«Ci scambiamo i numeri di telefono?» gli proposi.

Mi dettò velocemente il suo numero, e gli feci uno squillo, perché memorizzasse il mio.

Non era andata così male. Non era musone come sembrava. Magari l'aspetto severo mascherava solo un desiderio di starsene per i fatti propri. In ogni caso, che gli avrei detto, in quelle due ore in macchina, non lo sapevo proprio. Tornai alla mia postazione e mi rimisi in cuffia, per concludere il turno.

Dopo una mezz'ora, la mia amica Federica mi scrisse in Skype. 'Ciao, Nina! Avete posto in macchina anche per me?'

La notizia migliore della giornata, pensai.

'Cerrrrrrto!' digitai in fretta. 'Ma non era previsto che a te toccasse solo la settimana prossima?'

‘Sì ma ho chiesto di spostare perché ho il dentista.’

Le risposi con una valanga di faccine sorridenti e pollici alzati. Meno male, se non altro non sarei stata costretta a sostenere la conversazione con un estraneo da sola.

‘Viaggiamo con Piero, lo sai?’

‘Se proprio dobbiamo’, rispose Fede, aggiungendo tante faccine ridenti.

Sorrisi. Eravamo alleate.

Nella mia memoria recente, non riuscivo a ricordare di essere uscita di casa con un outfit peggiore. La mia amatissima sciarpa vintage (vintage stava per sottratta a un borsone dove mia mamma aveva messo i vestiti da regalare) era a lavare. In sostituzione, avevo ripescato dall’armadio una pashmina rosa, che sopra la mia pelliccia color cipria mi dava un’aria zuccherosa. Anche tutti i miei calzini neri erano a lavare, quindi ne indossavo un paio color salmone glitter, che ogni tanto faceva capolino tra l’orlo dei jeans neri e le inglesine di vernice. Davanti allo specchio mi ero voluta convincere che non si notassero, ma quando ero passata a prendere Fede, il suo buongiorno era stato: «Che obbrobrio hai addosso?»

Quando recuperammo Piero a Monfalcone, ci salutò con un “ciao” appena sussurrato. Aveva addosso un forte odore di sigaretta. Molto macho.

«Sorgi e risplendi! Sei pronto come noi per una esaltante giornata di formazione, all’insegna dello spirito aziendale?» gli chiesi, cercando di ostentare disinvoltura.

«L’attesa mi uccide», rispose, con tono piatto. Poi si riacquattò nel suo mutismo.

«Avete firmato il nuovo modulo privacy che ha girato l'ufficio risorse umane?» chiesi, senza particolare interesse, giusto per chiacchierare.

Fede iniziò a raccontare della sua recente litigata con la responsabile di quell'ufficio, che la aveva obbligata a smaltire delle ferie residue dell'anno precedente, salvo poi rendersi conto che non esisteva nessun residuo. Fede aveva passato delle giornate di gennaio a casa a fare nulla ed era andata in negativo di ferie, rischiando di far saltare le vacanze ad agosto. Con il mio gruppetto di amiche spettegolavamo spesso delle risorse umane e dell'approccio molto poco umano che le contraddistingueva. Piero non sentiva alcun bisogno di partecipare alla conversazione. Per me era inconcepibile: mi piaceva parlare, condividere la mia opinione, raccontare di me. Lui, muto, guardava davanti a sé ascoltando, senza mai dire la sua.

Non era la prima volta che andavo a Mogliano per dei corsi; nel paese non c'era nulla di rilevante, se non la sede della mia società. Vegetava placido in mezzo ai campi di pannocchie, inzuppato di umidità. La nebbia rendeva tutto, se possibile, ancora più grigio. Come si viveva in questi posti, mi chiedevo spesso. Non che Trieste fosse questa metropoli, ma se non altro si respirava un'aria cittadina. Se non altro, c'era il mare. Fede ed io iniziammo a spettegolare sulla gioventù del posto, un paio di mummie con le borse della spesa che incrociammo per strada. Da Piero parere non pervenuto.

In direzione sembrava regnare la follia.

Eravamo stati accolti dal responsabile dell'organizzazione degli eventi aziendali, un tipo caricato a ottimismo e ansia da prestazione, attorno a cui gravitavano una manica di fanatici, azzimati, pieni di entusiasmo, patinati come pagine di Marie Claire. Parlava a manetta, sorriso untuoso, basette tosate col righello, ci guardava senza realmente vederci. Da foresto, emiliano, per la precisione, sembrava non capire che con una triestina purosangue, a.k.a. patocca, l'espansività non funzionava. Essere scostante era il benvenuto abituale che si tributava a ogni estraneo. Avevo bisogno del mio spazio vitale, mentre quell'uomo era soffocante.

Mi ero chiesta più volte nel corso della mattinata se riuscissero a capire che significava vendere polizze auto stando in cuffia quattro, o persino sei ore al giorno. Rispondere a clienti cretini, maleducati, convinti di poterci trattare da esseri inferiori solo perché protetti dall'anonimato del telefono. Per una media di sessanta volte, persino ottanta se eravamo in gara ed entravamo in modalità mitraglia, cinque giorni su sette, continuavamo a ripetere la stessa litania, a rispondere alle stesse domande, tracciando tutto in campo note con poche parole chiave e sigle che costituivano il nostro codice di comunicazione: *faxa libretto, pdp non leggibile, faccio rimandare, non trova attestato, rinnova per 1.000 con cdc*, quando tutto quello che avresti voluto scrivere è: *caso umano, sbloccategli la polizza che tanto non ci arriva.*

Il formatore, un ometto con la testa a boccia, fazzolettino rosso sovradimensionato che sbucava dal taschino e qualche problema di igiene, propagandava i vantaggi di porre domande aperte, sorridere come deficienti anche se di fronte a noi c'era solo il divisorio, perché anche attraverso il telefono il cliente avrebbe percepito il nostro entusiasmo. Dovevamo sedere eretti come soldatini per respirare correttamente, e vestire in maniera adeguata (dovevamo procurarci il fazzoletto anche noi?), perché giovava all'impressione di professionalità. Quei discorsi mi avevano fatto ripensare all'ultima telefonata con cui avevo chiuso la giornata il giorno prima, un tizio con cui avevo litigato a causa del suo Bobcat. Gli avevo chiesto di leggermi come era immatricolato il mezzo sul libretto. Bobcat, gli avevo spiegato pazientemente, era il nome della casa produttrice, non la tipologia specifica che il libretto di circolazione doveva riportare. Il cortese cliente, prima aveva pensato di illuminare una povera ignorante spiegandomi che un Bobcat era "la ruspa con le ruote una dietro l'altra", poi, dopo dieci minuti di discussione estenuante, aveva deciso di chiudermi il telefono in faccia, chiedendomi: «Ma a lei lo stipendio glielo regalano?»

Evidentemente, secondo questo formatore, genio alieno, la causa del battibecco era da ricercarsi nei jeans che indossavo.

All'una, per cambiare aria, con tutti i colleghi del call center di Trieste in trasferta per la formazione, avevamo deciso di evadere dalla mensa aziendale per fare due passi e cercarci un buchino dove mangiare in tranquillità, alla larga da tutti.

Grandissima cazzata.

Il tempo sembrava scorrere più lento, lungo le strade di Mogliano, dimenticate dal mondo. Alcuni colleghi della sede ci avevano indirizzato verso un paio di trattorie raggiungibili a piedi, ma parevano una peggio dell'altra. Le strade della cittadina erano tristi e vuote.

Vetrine deprimenti zeppe di roba risalente alla guerra fredda si affacciavano su vie poco frequentate. In giro solo gente grigia.

«Mi sa che ci conveniva pranzare in mensa con gli altri. Gratis, per altro», borbottai.

«Io avevo proprio bisogno di uscire da lì. Se penso che adesso ci tocca un intero pomeriggio motivazionale mi metto a piangere», mi rispose Fede.

Localizzammo l'ultima trattoria che ci era stata suggerita. Da fuori non pareva malaccio. Fede tentò di sbirciare oltre la vetrina. «Sembra ci sia abbastanza gente.»

«Di solito è un buon segno», commentai, guardando interrogativamente gli altri, per capire se volessero entrare. Qualcuno annuì, Piero si limitò a stringersi nelle spalle in segno di assenso, muto.

Ci accolse un cameriere dall'accento straniero. «Un tavolo per cinque, per cortesia», domandammo. Dietro al bancone trafficava un omaccione navigato e peloso, a giudicare dal cespuglio che usciva dal colletto della maglietta sbrindellata. Non mi soffermai sugli aloni di sudore che ne impreziosivano il bianco. La mia fame diminuì sensibilmente.

Guardandomi attorno, mi resi conto che l'intero locale era nelle mani di uomini che parevano uno la fotocopia dell'altro, non giovanissimi, non particolarmente sorridenti. Nessuna donna a servizio. Mi domandai che tipo di pasta avrebbero mai potuto servirci. «Dove siamo capitati», scherzai con Fede, con una risatina.

Accomodati al tavolo, scoprimmo che il menu offriva delle perle indimenticabili: pasta con fresce pesce o pisto alla genovese, e per finire un buon caffè deteinato.

Se cucinavano come scrivevano, il pomeriggio di formazione che ci aspettava sarebbe stato l'ultimo dei nostri problemi.

«Che prendete?» chiesi.

«Mi tocca la bistecca», rispose Fede, limitata nella scelta dalla celiachia.

La guardai, ironica. «Ma hai visto dove siamo? Finirai per mangiarti il gatto di qualche casa qua vicino.»

Scoppiò a ridere. «Ma smettila!»

«Io la carne qui non la tocco», decretai, provocando scherzosamente l'altra.

«Mi sa che l'unica cosa commestibile è la pasta con la salsiccia», disse una collega biondina, piuttosto rotondetta. Oltre a Fede, conoscevo poco gli altri. Erano colleghi con cui avevo scambiato solo poche parole di circostanza.

Scandagliai il menù, trovando gnocchi con salsa di noci, che ordinai.

Quando il cameriere arrivò con l'ordine, non potei trattenermi da emettere un flebile miagolio.

Fede alzò gli occhi al cielo, mentre gli altri ridevano. Pure Piero.

Il pomeriggio di formazione si trascinò lento; eravamo appesantiti dal pranzo, e annoiati dall'essere costretti a stare passivamente seduti per così tante ore. Venir programmata per vendere più garanzie accessorie, su cui l'azienda marginava, mi faceva sentire un automa. Il bello del mio lavoro era poter concedersi, di tanto in tanto, qualche minuto per chiacchierare con i clienti. Avevo parlato con Carmen Russo, mesi prima, che aveva i mezzi delle palestre assicurate con noi. Mi ero fatta raccontare da uno sfollato de L'Aquila come si vivesse senza più una casa. Credevo poco nel costruire artificiosamente l'empatia attraverso rigidi schemi: poni domande aperte, segui un processo di vendita in tre fasi, preferivo anarchicamente tagliar corto con gli antipatici e concedermi tempo quando incrociavo una voce interessante. Pensavo che il primo pregio di un commerciale consistesse nell'entrare in empatia con la controparte e adattarsi al suo registro, e le lezioni di vendita mi sembravano sempre molto superficiali.

Mi ritrovai senza volerlo a lanciare qualche occhiata a Piero. Non mi piacevano molto gli uomini con la barba, come la portava lui, ma a guardarlo bene non era così male. Alto, solido, grandi occhi chiari. La sua costante serietà aveva un che di misterioso. Mi chiesi che tipo fosse. Sapevo che aveva una fidanzata storica, che non lavorava da noi. Mi aveva detto che abitava a Monfalcone, e infatti non lo avevo mai visto frequentare il nostro giro di locali. Del resto, non pareva nemmeno un gran patito di movida.

Nel viaggio di rientro, la sera, la stanchezza spense ogni conversazione. Quale unico uomo, Piero si sentì obbligato a guidare, e lasciai volentieri il posto davanti a Fede, che aveva più confidenza con lui, siccome sapevo che a volte si fumavano una sigaretta assieme.

Ci fermammo a Monfalcone per farlo scendere. Ne approfittai per una scappata al bar della stazione per prendere una bottiglietta d'acqua. Il tempo di pagare, lui se ne era andato senza salutarmi.

Il giorno dopo, in Area Vendite, reduce da una mattinata in cui ero affogata in un mare di maleducati, pensavo a quanto irreali apparissero dal campo di battaglia le tecniche di vendita che cercavano di insegnarci a Mogliano. Al momento ero impantanata con Ciser, responsabile del Back Office, in una discussione su una polizza moto.

«Ha detto di avere mandato il tagliando un mese fa. In pratica, si collega al suo account ogni giorno per accertarsi che gli abbiamo sospeso la polizza. Ho visto in campo note che telefona quotidianamente. Si rifiuta di andare a fare denuncia di smarrimento. Dice che ci perderebbe l'intera giornata. Dai, non gli possiamo sospendere la polizza e basta?»

Il cliente era sgradevole, antipatico, snervato dalle nostre procedure e, cosa peggiore di tutte, pienamente dalla parte della ragione. Sapevamo che chi bloccava l'assicurazione della moto per l'inverno ci rimetteva sempre tre o quattro giorni di polizza pagata, dal momento che avremmo resa esecutiva la sospensione solo al ricevimento fisico del tagliando in sede. Ma in questo caso era passato un mese esatto dall'invio. Evidentemente, qualcosa era andato storto. Avevamo un cliente preciso, puntiglioso ed esasperato, e per di più ben informato sui suoi diritti, i peggiori, quando una sfiga inceppava la procedura.

Ciser stava smanettando con un file Excel, ascoltandomi distrattamente. Mi sporsi sulla scrivania e gli sventolai la mano davanti al naso. «Mi dai retta un attimo?»

Staccò gli occhi dallo schermo, e lo vidi sforzarsi di ricordare quello che gli avevo appena detto.

«Sospendiamo?» gli dissi, con un sorriso carico di aspettativa. Volevo togliermi dalle scatole il cliente.

«Non abbiamo il tagliando. Non ci risulta arrivato.»

«Dice di averlo spedito. Un mese fa. Sarà andato smarrito.»

Ciser iniziò il suo consueto balletto sulla sedia: alza la seduta, abbassa la seduta. Trovò l'altezza che gli sarebbe andata bene per i successivi trenta secondi. «Non possiamo sospendere la polizza se non abbiamo il tagliando in originale in sede.»

«Lo so», dissi, sforzandomi di essere ragionevole. «Ma non è più nelle sue mani.»

«Questo lo dice lui.»

Su. Giù.

«Non può mica rimandarcelo. Non lo ha più.»

«Se gli sospendiamo la polizza, lui gira con il nostro tagliando in mano, e fa un sinistro, avremo rogne.»

Giù. Ancora un po' più giù. Poi su di mezzo millimetro.

«Dice di aver già mandato un reclamo.»

«Piero!» gridò Ciser, facendomi sobbalzare sulla sedia.

«Ma cosa urli?» lo rimproverai.

Piero raggiunse l'ufficio con flemma. «Hai ricevuto reclami da... come si chiama?»

«Arfo Uccello.»

«Che nome di merda», borbottò Ciser.

«Sì. Vuole che gli sospendiamo la polizza. Se non lo facciamo, manda un reclamo all'Ivass.»

Smanettamento. Ciser si sopraelevò di una spanna.

Mi immaginai mentre mi allungavo oltre la scrivania e gli inchiodavo quella leva del cazzo.

«Ok, ok», si arrese Ciser. «Che ci mandi una dichiarazione firmata che ha spedito tutti i documenti in originale per sospendere la polizza. Firmata, ho detto. Non una mail. Via fax, o scannerizzata. Quando avremo il documento, gli sospendiamo la polizza. Piero, rispondigli tu. Nina, non stare nemmeno a richiamarlo. Scrivi in campo note che gli ha risposto l'ufficio reclami.»

Sospirai. E anche questa l'avevamo risolta.

Ciser si rimise a studiare lo schermo del pc, con un'ultima regolatina dell'alzata della sedia.

«Quella leva ti rimarrà in mano, prima o dopo», lo avvisai, alzandomi. *E spero di essere lì a guardarti, quando accadrà*, aggiunsi mentalmente.

Uscii dall'ufficio assieme a Piero che non mi aveva degnata di uno sguardo, ma prima di girarsi per tornare alla sua postazione mi disse, strizzandomi l'occhio: «Ricordate di fare i bravi, voi in cuffia, altrimenti ci devo pensare io.»

«Farò la brava», promisi, con un sorriso, lievemente sorpresa. Allora non era proprio così burbero.

Ero chiusa in casa da due giorni, con la febbre a trentanove.

Il malessere era il risultato della mia festa di compleanno, in cui avevamo ballato fino alle tre del mattino alla Caffetteria e, alla fine, eravamo uscite dal locale sudate, con bora che soffiava a più di cento all'ora, in una gelida notte di febbraio.

Se quello era il prezzo da pagare per una magnifica serata, ero certa che ne fosse valsa la pena, ma ora non ne potevo più. Mi dolevano le ossa, non riuscivo a dormire, ero troppo malata per spararmi una serie tv e non avevo voglia di leggere. Normalmente qualche giorno di malattia non mi sarebbe pesato: con in casa qualche buon libro, non temevo isolamento e solitudine. Ma questa influenza era pesante. Nel pomeriggio la mia vicina sarebbe venuta a portarmi qualche genere di conforto, tipo tachipirine, pane fresco e Nutella, l'unica cosa che valeva la pena sforzarsi di mangiare. Passavo dal letto al divano e ritorno. Nei momenti in cui la febbre scendeva per effetto dell'antipiretico, cercavo di infilarmi sotto la doccia.

In accappatoio, evitando di guardarmi allo specchio per non deprimermi ulteriormente, controllai il cellulare. Le mie colleghe di Area Vendite con cui ero più in amicizia mi avevano cercato tramite il gruppo WhatsApp che avevamo creato, le Top Ganze.

'Ciao, Nina, ancora viva? Stai un po' meglio?' chiedeva Anastasia.

'Ragazze, che palle oggi, ho già mandato affanculo due clienti', aggiungeva Catia, la più riottosa delle quattro.

'Solito, ancora febbre, non ne posso più. Quasi quasi mi manca il lavoro.'

'Ma lascia stare, che oggi mi hanno messo in affiancamento un collega nuovo', scrisse Fede. 'Non capisce niente, mi chiede ogni cosa quattro volte.'

'Figo?' domandò Cati.

'Ma no, figurati, ha più panza di me. Ma passa di qua che lo vedi.'

'Io ho perso la speranza di vedere comparire all'orizzonte un figo tra queste mura', scrisse Ani mestamente.

'Ma sapete che in realtà Piero non è proprio così male', digitai, trastullandomi con il telecomando alla ricerca di un programma decente.

'Ma non dire cavolate!' rispose Fede in fretta.

'Ho letto che nella barba degli uomini si nascondono più germi che in un bidet', rispose Ani.

Alzai gli occhi al cielo. 'Noi quattro non litigheremo mai per un uomo', scrissi.

Mi si illuminò l'icona di un nuovo messaggio. Un sms. Probabilmente pubblicità, ormai tutti i miei amici usavano WhatsApp. Da Piero, lessi. 'Auguri di buon compleanno anche se in ritardo.'

Sorrisi tra me e me. *Che carino*, pensai.

'Ragazze, mi ha appena scritto', comunicai al gruppo, aggiungendo tanti cuoricini.

'Ma vedi che allora non è vero che non ti si fila granché?' disse Ani.

'Ma boh... sì, è vero, qualche strizzatina d'occhio tra tanti musi', risposi.

'No ma seriamente, è un cesso a pedali', scrisse Fede.

'In ufficio c'è di peggio, dai', obiettò Cati.

'Io adesso sto cretino lo strozzo. Non sapeva cosa fosse il PRA. Ma ha fatto la formazione?' continuò Fede, tutta presa dalla sua giovane recluta.

'Galeotto fu Mogliano!' scrisse Ani.

'Innamorarsi a Mogliano Veneto può essere solo che il preludio di una tragedia', scherzai, mentre pensavo che rispondere a Piero.

'Apprezzati anche se in ritardo', gli scrissi.

'Per festeggiare ti porto a bere un caffè deteinato', mi rispose, subito dopo. Chi l'avrebbe mai detto che quel musone riusciva ad essere quasi simpatico.

‘Ma anche no!’ digitai, aggiungendo un po’ di faccine che ridevano, per non sembrare troppo tranchant.

‘Caspita, ragazze, è pure simpatico!’ scrissi alle Ganze.

‘Un carnevale di Rio’, rispose Ani.

‘Se Piero è l’opzione migliore che abbiamo in Area Vendite, siamo a posto...’ disse Fede.

‘Zitta tu che sei l’unica accoppiata tra di noi!’ la rimbrottò Cati.

In un gruppo di zitelle, il fatto di avere un fidanzato, per di più ragionevolmente carino, attribuiva a Fede uno status di superiorità che le invidiavamo.

‘Appena ti ripigli aperitivo.’

‘Sì, vi devo raccontare di Salva’, scrisse Fede, che, oltre al fatto di essersi accaparrata un uomo carino, osava anche fare gli occhi dolci a Salvatore, responsabile di Area Vendite, un rossiccio dalla mandibola alla Robocop, non propriamente slanciato, in pratica una versione mignon del suo fidanzato, dall’ego inversamente proporzionale alla statura.

‘Sì, litri e litri di alcol. Devo ripulire il mio fegato da tutto questo paracetamolo.’

Le ragazze mi risposero con tante faccine sorridenti. La mia unica speranza era che l’influenza mi facesse perdere peso. *Che vita sfigata*, pensai. Magari mi ci voleva un bel caffè deteinato.

MARZO

Eravamo in centro, da Eppinger, e stavamo per attaccare il terzo giro. Ormai ridevamo sguaiate a ogni minchiata che ci venisse in mente. Un branco di oche, ma eravamo uno spettacolo. Rendevamo scintillante il locale.

Ero grata per quelle serate meravigliose. Bastavamo noi, non ci serviva altro. Con le mie amiche potevo prendere una boccata d'ossigeno, prima di reimmergermi nel mare delle mie paranoie quotidiane. Durante i nostri aperitivi eravamo allegre, spensierate, dimenticavamo ognuna le proprie difficoltà e ci sentivamo padrone della nostra vita.

Ciascuna di noi era diversa dalle altre, ma in fondo eravamo fatte della stessa pasta: Cati era un grande mistero: nominava parecchi ragazzi, tanto che spesso me li confondevo, ma tutti transitavano come meteore, senza lasciare tracce, e spesso, mentre rimuginavo sopra i miei ipotetici sbagli, mi chiedevo se sia lei che io incappassimo in meccanismi inconsci che inducevano l'allontanamento.

Anastasia, invece, era single da appena qualche mese. Aveva dolorosamente lasciato il suo fidanzato per raggiunti limiti di logoramento. Credo che lo avesse amato molto, ma lui l'aveva data per scontata troppe volte. Aveva accanto una ragazza bella, divertente, i cui magnetici occhi verdi attiravano parecchi sguardi, e nel momento in cui pure lei se ne era resa conto, aveva capito che meritava di essere tenuta in maggior considerazione. Ci aveva sofferto, ma pensavo avesse fatto la scelta giusta.

Stranamente però, lo status di singletudine ti cambiava, agli occhi della gente. Da accoppiata eri un frutto proibito, mentre con le ragazze libere dovevi fare sul serio.

Fede invece procedeva come un treno: laurea, convivenza, era la più centrata tra noi. Non la sentivo mai lagnarsi della sua vita, come noi facevamo spesso, anche in maniera un po' infantile. Aveva il piglio della sorella maggiore, quella da cui le sentivamo se combinavamo una cavolata. Il suo rapporto con il fidanzato ci sembrava estremamente maturo rispetto a noi, che ancora disegnavamo i cuoricini sul diario segreto.

La mia vita amorosa in realtà si riduceva a un'unica storia importante a cavallo tra liceo e università, ma il sentimento si era spento progressivamente mentre crescevamo; ci eravamo lasciati senza grandi tragedie, e da allora avevo vissuto qualche flirt decisamente fallimentare.

Insomma, al momento mi divertivo, ma le prospettive sul futuro sembravano piuttosto incerte.

Attaccammo il solito gioco, una costante su cui atterravamo ogni volta: la classifica del più figo dell'ufficio. I risultati ormai li conoscevamo a memoria, ma ci divertiva sempre.

«Salvatore rimane il top», dichiarò Fede. La guardai con faccia nauseata.

«Da quando Andrea si è licenziato io la vedo molto magra», sospirò Cati, ripensando proprio al predecessore di Salva, che aveva litigato con i vertici qualche mese prima e aveva preso il largo. Ogni tanto messaggiavano ancora. Io lo avevo sempre trovato un figlio di papà vanitoso e superficiale.

Ani si concesse un generoso sorso di birra: «Leonardo, l'informatico ricciolino, mi pare un discreto manzo. Ho saputo che ha portato la fidanzata a Parigi e le ha chiesto di sposarla sulla torre Eiffel.»

«Mi prendi per il culo», esclamai. «Porca miseria, ma allora le uniche sfigate siamo noi.»

«Parla per te», rise Fede.

«Io a Piero una botta...», buttai lì, timidamente. La storia del messaggio mi aveva stuzzicato. Stavo tentando di non far partire i miei soliti film mentali a puntate.

«Ma sai che l'ho incrociato in ascensore l'altro giorno ed effettivamente non è così male», mi concesse Fede.

«Sì, è anche dimagrito», confermò Cati.

Appoggiai il mento alla mano e mi persi per un istante in una fantasticheria. Chissà se mi avrebbe scritto ancora.

«Io continuo a sostenere che Ciser ha un bel viso. Peccato la pancetta...», dissi dopo un momento, per sciacquare via l'immagine di Piero.

«Sì ma sarà alto quanto? Un metro e venti?» mi sfotté Ani.

«Ah, arriva al metro?» chiese Fede.

«Non capite un tubo.»

«Comunque anche questa sera non ci sta abbordando nessuno», constatò Cati.

«Sai che novità», commentò Fede.

«Abbordiamo qualcuno noi», rilanciò Ani.

Tirai prontamente fuori il cellulare.

«Vediamo che fa Ciser...»

Fede sgranò gli occhi, esclamando: «Ma è fidanzato!»

Cati nascose il viso tra le mani. Solo Ani approvò, pollici alzati, la mia solita sostenitrice numero uno quando si trattava di fare minchiate.

Ci mettemmo in posa per un selfie, che gli inviai senza indugi. 'Manchi solo tu...' scrissi, maliziosamente. Poi guardai meglio la foto. Parevamo quattro viados. Gli unici a scintillare, fotogenici, nell'immagine, erano i boccali di birra.

Dopo qualche istante, Ciser fu online.

'Ma che bel quartetto... state facendo le brave?' ci disse, con un vocale.

'Stiamo tentando di non fare le brave per niente', registrai, con Cati che gridava in sottofondo: «Ciao, Ciser, vieni qui a bere con noi.»

'Cazzo se me lo dicevate venivo', raccolse subito lui, con voce eccitata.

'Sei certo che te la saresti cavata con quattro donne?' lo provocai.

'Mi fate paura', rise lui.

'E fai bene', risposi. Sembrava più che pronto a cogliere la palla.

'Stavamo stilando la classifica dei più fighi dell'ufficio, e ti posso confermare che sei nella top ten', lo informò Cati.

‘Ma ci sono undici maschi in tutta l’Area Vendite!’ protestò lui. ‘Piuttosto, sono sul podio? Bella questa cosa, mi piace, mi piace proprio, però voglio saperne di più, in che posizione sono?’

‘Non rilasceremo ulteriori dettagli’, precisai.

‘A meno che non te li guadagni’, buttò lì Ani, maliziosa.

‘Wowowow’, esclamò lui. ‘Adesso sì che sono intrigato.’

«Ma avrà chiuso la fidanzata nello sgabuzzino? Tra un attimo sentiamo la registrazione delle randellate», risi con le ragazze.

‘E come posso fare per guadagnarmi l’onore di conoscere il mio posto esatto in classifica?’, riprese Ciser.

‘Adesso ci mettiamo d’impegno e pensiamo a cosa vorremmo da te’, gli dissi.

‘Sticazzi’, rise lui, con voce entusiasta. ‘Non so se riuscirò a dormire stanotte.’

‘Era proprio quello che volevamo’, gli dissi.

‘Dai dai dai, ragazze, ditemi che posto ho in classifica e vi darò quello che volete.’

Ridemmo tutte e quattro. «Ma siamo sicure che vogliamo qualcosa da lui?» dissi alle altre, registrazione spenta.

«Sei tu che gli hai scritto!» mi rispose Ani.

«Ma la regola non era che dovevamo chiudere i telefoni in cassaforte dopo il primo giro?» obiettò Cati.

«Cati-Cati, ormai la frittata è fatta», disse Fede.

«Finirà come l’altra volta?» chiesi.

«Così male?» rise Fede.

Qualche mese fa, moderatamente ubriaca, avevo

confessato alle Ganze che, appena assunta, avevo incrociato un bellissimo giovane nell'ascensore, che per qualche istante aveva magicamente agganciato il mio sguardo. Peccato che in un paio d'anni il bel figheiro, che lavorava nel nostro ufficio posta, avesse preso una quindicina di chili e, con l'aiuto di un capello lasciato allo stato brado, avesse perduto ogni traccia dello charme che ricordavo.

Quella sera lo avevamo stalkerato su Facebook, e le ragazze, tramite il mio account, avevano lasciato una miriade di cuori sotto alcune delle sue fotografie. Li avevo cancellati tutti molto velocemente, senza sapere se lui avesse fatto a tempo a ricevere le notifiche. Il dubbio che li avesse visti era lecito, siccome da quel giorno mi guardava con un ghigno scostante.

Ripresi a registrare: 'Siamo timide, non so se possiamo confessare ciò che veramente vorremmo da te', gli dissi, col mio migliore tono di voce seducente.

«Mi pare il modo migliore per smorzare il suo entusiasmo», rise Ani.

Cati mi diede una manata scherzosa. Lui impiegò qualche minuto per ascoltare il nostro messaggio.

«Per me la fidanzata lo sta bastonando», commentò Fede.

Finii la mia birra. Alzarsi dalla sedia senza finire lunga distesa a terra sarebbe stata un'impresa.

'Ma soltanto perché non avete la minima idea di cosa potrei darvi.'

Ridemmo tutte come matte.

'Occhio a fare queste dichiarazioni, a meno che tu non sia sicuro di non deluderci', lo avvisai.

'Tranquille... sono assolutamente certo di essere all'altezza di quello che dico. Mi chiedo se lo siete anche voi. '

'Cioè?' chiesi, senza capire.

'Per me siete cani che abbaiano ma non mordono', dichiarò.

'Mettici alla prova', lo sfidai. Ani praticamente si ribaltò dalla sedia. Dio, quanto ero figa quando non ero implicata sentimentalmente; era quando ero presa da qualcuno che perdevo ogni acume, dal dono della parola a ogni briciola di arguzia, trasformandomi in una specie di beota balbettante.

'Accetto la sfida. Al prossimo aperitivo ci voglio essere', affermò, con decisione.

«Ragazze, che abbiamo combinato?» dissi loro, con uno sguardo disperato.

«Ma chissenefrega, ci divertiamo!» mi rispose Ani, con leggerezza.

'Adesso infilati nel tuo lettino, chiudi gli occhi e sognaci', gli sussurrai, con la voce più dolce che potei.

'Ragazze, che sogni farò stanotte', rispose lui, estasiato.

«Lo so io», dissi alle ragazze, ammiccando.

'Notte Ciser', sussurrammo tutte e quattro in coro, con fare seducente.

Anche per quella sera avevamo fatto la nostra bella cazzata.

Nevicava forte. Guardavo preoccupata fuori dalla finestra accanto alla mia postazione. Aveva iniziato da un'oretta, e per fortuna il mio turno sarebbe terminato di lì a qualche minuto. Se mi sbrigavo, non avrei incontrato difficoltà a percorrere i due chilometri che separavano il mio ufficio a Roiano da casa mia, a Barcola. Speravo di arrivare al mio appartamentino prima che la neve attaccasse sulle strade. Ovviamente, non possedevo le catene. In ogni caso, anche le avessi avute, non sarei stata mai in grado di montarle. Se avesse iniziato a soffiare anche la bora, poi, sarebbe stata la fine: la neve si sarebbe trasformata in una lastra di ghiaccio, e non sarei più riuscita a muovere la macchina. Non potevo correre il rischio di fare un incidente: non avevo ancora finito di pagarla, e mi era capitato di restare indietro di qualche rata, in un paio di occasioni. Il mio misero salario non contemplava la possibilità di gestire imprevisti.

Da casa mia potevo raggiungere l'ufficio con una passeggiata, sebbene l'idea non mi piacesse. L'esigenza di apparire carina prevaleva sulla praticità, e non volevo adattarmi a scarpe comode solo per non finire distesa sul ghiaccio. Una venticinquenne rampante aveva le sue priorità.

Mi guardai attorno. Non avevo visto Piero in giro, quel giorno. In teoria la sua postazione era in un angolo remoto dell'Area Vendite, quindi non riuscivo a controllare che fosse in sede, ma di solito capitava che lo incrociassi, magari alle macchinette del caffè. Di sicuro non era un tipo che si faceva sentire.

L'indomani sarei dovuta andare a Monfalcone con Gustavo, il responsabile Affari Generali, per un sopralluogo da un aspirante broker, e avremmo dovuto incontrare Piero lì. Quando un'agenzia di assicurazioni avanzava la richiesta di collaborare con noi, solitamente iniziava un percorso di valutazione che rimaneva in capo a un responsabile di Area Vendite. Se il primo feedback era positivo, partiva un percorso di formazione specifica sui nostri prodotti.

Lorenzo, il mio capo, aveva portato avanti la valutazione preliminare, e aveva dato il suo ok. Aveva deciso che fossi io ad uscire per andare a consegnare i moduli al broker per sottoscrivere l'accordo. «Voglio che tu inizi a mettere il naso fuori di qua, che impari come girano le cose.»

Speravo che le sue parole fossero il preludio a un futuro avanzamento di carriera.

Piero era stato incaricato della formazione. In teoria non rientrava nei suoi compiti, ma l'agenzia, mi aveva detto Lorenzo, era praticamente sotto casa sua, e l'azienda avrebbe risparmiato sui costi di trasferta.

'Ciao, domani io e Tavo dovremmo arrivare a Monfalcone attorno alle nove. Ci troviamo davanti all'agenzia?' provai a scrivergli, via sms.

Mi rispose subito.

'Nina, ciao. Ok per domani. Stai bene?'

Sorrisi tra me e me. 'Sì, ma sono preoccupata per la neve. Speriamo che non attacchi.'

'Io sono rimasto a casa oggi. A Monfalcone ha iniziato a nevicare stanotte, non avevo voglia di rimanere bloccato in ufficio.'

Mi riempì di faccine che ghignavano. Ecco spiegato perché non lo avevo visto in giro.

'Perfetto direi. Tavo e io veniamo con gli sci domani', aggiunsi omini che sciavano al messaggio.

'Io vado di racchette da neve allora', mi rispose.

‘Ottimo. Sarà una giornata fantastica’, scrissi.

‘Per consolarci andiamo a bere un caffè deteinato.’

‘Corro a prendere il gastroprotettore’, digitai in fretta, accorgendomi che Ciser stava venendo verso la mia postazione.

Feci a tempo a vedere Piero che mi rispondeva con faccine che ridevano, e spensi lo schermo del telefono.

«Ma buongiorno! Allora, che si dice in Area Vendite?» mi salutò, con un gran sorriso.

«Nevica. Chissà se resteremo bloccati qui», gli risposi, facendo un po’ la finta tonta.

«Se nevica niente aperitivo con le tue amichette stasera?» mi chiese. Lo sapevo che voleva andare a parare lì.

«Guarda che le nostre serate bruciano un sacco di energie, non possiamo mica replicare ogni sera!» glissai.

«E allora quando sarebbe la prossima serata?» chiese, sedendosi nella postazione vicino alla mia, che in quel momento era vuota.

Sollevai le mani, facendo segno che non lo sapevo. Alle nostre spalle vidi passare Ani con un caffè in mano. Mi fece una smorfia. Feci del mio meglio perché Ciser non se ne accorgesse.

«Ricordati che sono stato invitato», sottolineò. «E che mi devi ancora dire che posto occupo nella classifica.»

«E perché te lo dovrei dire io? Eravamo in quattro l’altra sera.» Cominciavo ad avere la sensazione che avessimo fatto un’enorme cazzata. Ciser era fin troppo eccitato dalla faccenda.

«Eh già», sospirò. «Tu e le tue amichette dovete essere delle belle birichine.»

Unii le mani sopra alla testa formando una aureola: «Ma figurati, siamo delle sante.»

Posò il mento sulla mano e mi guardò, socchiudendo gli occhi. «Per me siete delle bla-bla», disse, mimando con la mano il gesto di chi parla.

Nessuno poteva sfidarmi impunemente. «Si beh, questo ce lo hai già detto, quindi non ti resta che metterci alla prova», lo provocai.

Qualcosa vibrò nella sua tasca, salvandomi.

Mi sorrise e si portò il cellulare all'orecchio. «Salva, dimmi», esclamò. Dopo qualche secondo si alzò, per andare a discutere nel suo ufficio. Allontanandosi, mi fece un cenno di complicità con il mento.

Presi il mio telefono, e digitai velocemente. 'Abbiamo scoperchiato il vaso di Pandora', scrissi ad Ani.

'Appunto', mi rispose, dopo alcuni secondi.

Mi girò lo screenshot della sua chat, in cui Ciser le chiedeva esplicitamente di uscire per un aperitivo.

Quello sviluppo così celere mi spiazzò. Con il gruppo era rimasto sul vago, limitandosi a star al gioco, con Ani era andato avanti deciso, con una richiesta di appuntamento, completa di data e ora. Il livello era differente.

Ciser e io avevamo un rapporto di odio e amore. Non solo a volte lo trovavo un po' troppo ingombrante, perché tendeva a tracimare dal proprio spazio grazie al chiasso del suo vociare, più che per vero carisma. Ci eravamo trovati lavorativamente in disaccordo di tanto in tanto, anche perché appartenevamo a due aree aziendali che spesso si ribaltavano le responsabilità le une sulle altre. In un'occasione era capitato che mi avesse autorizzato una stipula nonostante un foglio di via poco leggibile, e quando il libretto era arrivato con dati diversi da quelli dichiarati dal contraente, ed era emerso che l'illeggibilità del documento era voluta, lui aveva scaricato le colpe in maniera molto vaga, che lasciava sottintendere una mia responsabilità. In quella occasione ero schizzata da Salva a puntualizzare che avevo stipulato dietro suo ok, fortunatamente scritto. Erano passati molti mesi da allora, ma il suo modo di comportarsi mi aveva lasciato un retrogusto amaro, e ancora non riuscivo a fidarmi del tutto. In lui c'era qualcosa che restava ai margini, sfuggente: credevo che il suo istinto di autoconservazione non avrebbe esitato a calpestare gli altri, in caso di necessità.

'E che hai intenzione di fare?' chiesi ad Ani, un po' turbata.

'Fingere che ho un impegno. È fidanzato e convive.'

'Già. Che casino.'

'Siamo delle deficienti', constatò, lapidaria.

'Concordo.'

La mattina dopo, il cielo era pulito. Il giorno prima la neve aveva smesso di scendere già nella prima serata, e sulle strade non rimanevano che pochi mucchietti che si stavano trasformando in fanghiglia.

Arrivai in ufficio alle otto e trenta e aspettai Tavo nel parcheggio dove tenevamo la macchina jolly, che veniva usata per le trasferte del personale.

Arrivò trafelato come al solito.

«Che gran casino, ho dovuto andare a prendere Salva a casa, non aveva messo le gomme da neve e non si fidava a circolare.»

«Ma le strade sono pulite», obiettai.

«Vallo a dire a lui. Si vede che aveva paura di graffiare la sua Audi del cavolo.»

Tavo faceva una vita veramente pessima. Il titolo di responsabile Affari Generali, che in teoria suonava come un incarico di prestigio, significava che ogni casino ricadeva su di lui, fosse da una maniglia che si bloccava, alla cura della flotta aziendale, alle prenotazioni dei biglietti dei treni per ogni trasferta dei dipendenti. E tra Centralino, Area Vendite, Sinistri, Back Office, Amministrazione, Personale e Direzione eravamo in trecento. Nel suo ufficio confluivano tutte le categorie protette dell'azienda, quindi la maggior parte dei suoi collaboratori non era in grado di spostarsi autonomamente in macchina. Il risultato di ciò era che Tavo impazziva per correre dietro a ogni richiesta, spesso nello scontento generale perché non arrivava dappertutto. Mesi prima, lo avevo beccato mentre rimpiazzava le scorte di carta igienica nei bagni, furibondo.

Ci infilammo in macchina e imboccammo la costiera. Ero emozionata. Non mi capitava spesso di viaggiare per lavoro, anche se allontanarsi di mezz'ora da Trieste difficilmente si poteva definire un viaggio, ma stare in cuffia tutto il giorno era talmente noioso e ripetitivo, che ogni cambiamento era il benvenuto. Mi piaceva l'idea di far parte di un'azienda grande e articolata, che ti dava, con il tempo, la possibilità di crescere, e al momento, per me, che avevo appena terminato l'università e che avevo voglia di iniziare a fare sul serio, il part time in cuffia iniziava a stare stretto.

«Prima di rientrare in ufficio, devo passare a ritirare

un pacco», mi informò Tavo. «Ho comprato delle tazze su eBay, per la mia collezione.»

Un uomo pieno di sorprese.

«Di quali tazze parli?» chiesi.

«Tazze inglesi di inizio secolo. Ne ho centinaia a casa, ma questa serie mi mancava.»

Non vedevo l'ora di raccontarlo alle Ganze.

Piero ci aspettava fumando davanti all'agenzia, imbacuccato e tremante, con l'aria di sopportare poco il freddo. Non portavo tacchi quel giorno, e quando lo accostai per entrare nell'agenzia, mi piacque vedere che gli arrivavo appena alla spalla. Avevo un debole per i ragazzi alti.

I broker ci accolsero con una certa cerimonia, probabilmente convinti che in ufficio contassimo di più di quanto era in realtà. L'agenzia era gestita da due soci, Gabriele e Massimo. Capii che solo Massimo seguiva il lavoro quotidiano. Gabriele aveva l'aria di averci messo solo i soldi, ma specificò che in realtà come attività principale faceva il commercialista, e approfittava del suo giro di clienti per sponsorizzare l'agenzia, quando poteva.

Consegnai i documenti come da istruzioni di Lorenzo, Tavo trasmise loro le specifiche per collegarsi in remoto al nostro gestionale, per il caricamento diretto delle polizze, e si accordarono con Piero per iniziare la formazione la settimana prossima. Nel giro di una mezza mattinata avevamo finito. Usciti, indugiai. Non avevo nessuna voglia di tornare ad incatenarmi alla cuffia, ma nemmeno di andare con Tavo alla ricerca di tazzine chissà dove.

«Adesso andiamo in quel posto che ti dicevo», mi ricordò, quasi misteriosamente. «Poi torniamo in ufficio.»

«Tu rientri in sede?» domandai a Piero, mentre ci incamminavamo verso il parcheggio dove sia noi che lui avevamo lasciato la macchina. *Ti prego, offriti di accompagnarmi*, pregai, tra me e me.

«Sì. Ho accettato la formazione per fare un favore a Salva, ma io ho anche il mio lavoro da portare avanti», mi rispose. «Torni con Tavo o ti porto io?»

Esultai tra me e me, ma finsi incertezza e disinvoltura. Come no.

«Tavo deve fare alcuni giri prima di rientrare, se non è un disturbo ti chiederei di darmi uno strappo.»

«Ok ragazzi, allora ci vediamo dopo in ufficio», ci salutò Tavo, allontanandosi in direzione della sua macchina.

Ero curiosissima. Volevo vedere che tipo di auto aveva, cosa mi avrebbe detto.

Si avvicinò a una Ford Fiesta blu, dagli interni immacolati. Nessun oggetto personale in giro, non un ombrello, un golf, una cartina appallottolata. Un profumatore pendeva giudizioso dallo specchietto retrovisore, e i sedili odoravano di nuovo, nonostante la macchina non lo fosse.

Ero tesa. Lui riempì il sedile del guidatore con la sua presenza che sapeva di tabacco.

«Abiti vicino?» domandai.

«Sì, qualche centinaio di metri.»

«Sei di Monfalcone?»

«No, di Trieste, ma la mia ragazza è di qua e aveva un appartamento.»

Non sapevo come proseguire. Il mio slancio aveva perso abbrivio al cenno alla fidanzata. Tacqui, in attesa che cogliesse il suo turno per chiedere di me, ma rimase in silenzio. Guidava concentrato, senza affettazione.

Dopo un momento, domandai: «Che ne pensi dei tipi dell'agenzia?»

«Due cagacazzi», stabilì, lapidario.

Ridacchiai. «In effetti non sono piaciuti nemmeno a me.»

«Li conoscevo da prima. Qualche mese fa un idiota mi è venuto addosso in moto, era assicurato da loro, era in torto pieno e sono dovuto andare a litigare per farmi risarcire.»

Si lanciò nella dettagliata e vagamente noiosa descrizione dell'incidente, mentre io mi godevo il viaggio.

«Però risparmiarsi qualche ora di cuffia è sempre piacevole. Passare la giornata a ripetere sempre le stesse cose è veramente alienante. Beato te che fai altro.»

«Rispondere ai reclami non è tutto questo divertimento, sai?»

«Facciamo cambio?»

«No no, sei bravissima a fare quello che fai», disse.

«Dici?»

«Hai l'aria di una brava», disse, lanciandomi un'occhiata strana, che mi sfiorò come una carezza.

Mi impappinai. Non mi aspettavo quell'uscita maliziosa da uno così sulle sue. Magari il fatto che fossimo soli lo aveva sciolto. Pensai in fretta a cosa rispondere, mettendoci qualche attimo di troppo: «Potremmo fare un gioco, tu fai la parte del cliente, io ti faccio consulenza.»

«Mi piacciono i giochi.»

Rallentò al semaforo di Barcola e ci guardammo negli occhi.

Aprii la bocca per rispondere qualcosa, non sapendo nemmeno io cosa avrei detto, e lo squillo del suo cellulare interruppe il nostro incantesimo.

Lo prese con espressione neutra e se lo portò all'orecchio dopo una rapida occhiata al display: «Dimmi.»

Dovetti rimanere in silenzio mentre la nostra meta, che avrebbe fatto scoppiare quella eccitante bolla di intimità, si avvicinava troppo velocemente.

Dal suo «dimmi» di esordio, immaginai fosse la fidanzata, ma non riuscivo a distinguere le parole della voce femminile che trapelava dall'apparecchio. Lui rispondeva a monosillabi.

Arrivammo sotto l'ufficio prima che terminasse la chiamata. Mormorò un "Aspetta" alla cornetta, poi mi disse: «Scendi pure qua, io vado a parcheggiare.»

«A dopo allora», lo salutai, leggermente delusa.

Rientrai in ufficio maledicendo il pessimo tempismo della chiamata che ci aveva interrotto. Però le sue battute allusive, per contro, promettevano sviluppi interessanti. Sperai solo che l'affollamento di Area Vendite non lo facesse irrigidire di nuovo.

Mi sistemai in cuffia, in attesa che Lorenzo tornasse da una riunione per relazionarlo sulla mia trasferta. Dopo qualche minuto vidi Tavo rientrare. Si avvicinò alla mia postazione, e ne approfittai per scollegarmi un minuto dal centralino.

«Missione tazzine compiuta?» chiesi.

«Ma vedessi che belle!» si entusiasmò lui. «Un giorno ti mostro la mia collezione.»

Non vedevo l'ora.

«Piero ti ha riportata sana e salva?»

«Dire di sì.»

«Ti sei fatta potenti risate?» disse, ironizzando sull'atteggiamento cupo di Piero.

«Che stronzo», lo rimproverai, con un sorriso.

«È proprio un bel tipo... non è cattivo, ma mi chiedo come faccia a non riuscire a tirare fuori un briciolo di allegria. Mai un sorriso, mai una risata.»

«Non saprei, non lo conosco bene», dissi, vaga. Magari potevo essere la fanciulla che, grazie alla sua dolcezza, scioglie il cuore del bel tenebroso.

Appena formulato questo pensiero mi sentii una completa idiota. Ero cresciutella per le fiabe.

Mi concentrai sulle chiacchiere di Tavo, cercando di non divagare, fino a quando Piero sfilò davanti alla mia postazione per scambiare due parole con Lorenzo e mi disse: «Ehilà, quanto tempo!» Bastò il suo sguardo per trasformarmi in Cenerentola: gli rivolsi un sorriso caldo, poi lui mi girò le spalle e iniziò a parlare con il mio capo.

«Mi sa che hai fatto colpo», mi disse Lorenzo, arrivandomi alle spalle, una mattina che stavo collegando la mia cuffia al telefono.

Drizzai immediatamente le antenne.

«Su chi?» domandai.

«Sul broker. Mi ha fatto un paio di battute su di te.»

Delusa, obiettai: «Non mi piace particolarmente.»

«Però è ricco da far schifo», scherzò lui. «Ti sistemi, appendi il cappello, molli il lavoro e passi la giornata dall'estetista.»

«Prima di tutto, non ho bisogno di passare la giornata dall'estetista», risposi, piccata. «E se mollassi il lavoro, chi si prenderebbe cura di te?"

Lui rise, assumendo un istante dopo un'espressione severa: «Hai ragione. Tu rimani qui a servirmi. In ogni caso, il broker ha chiesto che gli faccia tu la formazione.»

Sgranai gli occhi. «Dici che sono in grado?»

«Da quanto lavori qui? Ormai sai tutto a memoria. Sei assolutamente capace di farlo. Due settimane di paga full time, e i rimborsi spese per la trasferta.»

Non era solo l'idea del piccolo incremento di stipendio ad attrarmi. La possibilità di smarcarmi per due settimane dalla cuffia era già di per sé convincente.

«Ma da sola o con Piero?» chiesi.

«Verrà anche lui, almeno per i primi giorni. Ha maggiore anzianità qua dentro. Poi si vedrà.»

Era molto emozionante. Saremmo stati assieme per due settimane, ogni giorno. Poteva essere una buona occasione per conoscersi, e decifrare le sue intenzioni.

La sera alle nove, arrivò un SOS sulla chat delle Ganze.

'Pranzo di emergenza domani, ce la fate? Ho un ritardo', scriveva Fede.

Il giorno dopo riuscimmo ad incastrare i nostri turni per un pranzo veloce al ristorante giapponese di Barcola. Lasciai la macchina nel parcheggio accanto alla pineta, e nello scendere rischiai che la bora mi strappasse di mano la portiera. Sul lungomare passeggiavano i soliti temerari. Un uomo dal fisico imponente mi passò accanto, con un bellissimo pastore tedesco al guinzaglio. Curiosamente, i due si somigliavano. Il cane continuava ad appiattire le orecchie contro la testa ad ogni raffica, per attenuare il fastidio del vento. *Povera bestia*, pensai.

Al calduccio, dentro al ristorante, Ani era già seduta al tavolo, mentre Cati e Fede non erano ancora arrivate.

«Sono fregata», mi disse Ani, senza perdere tempo in saluti.

«Che è successo?» chiesi, incuriosita.

«Ho detto a Ciser che ieri non potevo, perché dovevo tenere mio nipote visto che mia sorella aveva il turno di sera, e allora mi ha detto: 'Quindi possiamo fare oggi'.»

«E che scusa hai trovato?» chiesi.

«Non ho fatto a tempo a inventare nulla... me l'ha chiesto di persona, sono andata in tilt.»

«Quindi vai?»

«Che gli dico? Se gli tiro pacco un'altra volta capisce che non voglio andare», mi disse, dopo un attimo.

«Ecco, è proprio quello il punto... vuoi andare o no?» le chiesi.

«Non lo so. È carino, ma è fidanzato. E poi fa lo scemo con tutte.»

«Non credere. Fa lo scemo perché è scemo ma ha chiesto solo a te di uscire.»

Mi guardò perplessa.

«Boh, nella peggiore delle ipotesi ti fai offrire una birretta e poi scappi», la incoraggiai. «E poi, dicevi che dopo Sandro volevi un po' di leggerezza... Se è fidanzato tanto meglio, non nascerà nulla di serio!»

Per un bel po' non mi rispose. Ero invidiosa che avesse pescato un tipo molto più deciso di Piero. Pensai che dovevo darmi da fare per creare una nuova occasione per stare con lui.

Cambiammo subito argomento quando Cati e Fede arrivarono assieme. Fede aveva la faccia tirata e, per la prima volta da che la conoscevo, i capelli sciatti.

«Allora?» domandai subito mentre sedevano.

«Ordiniamo», rispose lei secca.

Prendemmo tutte maki e riso saltato.

«Ho un ritardo», ribadì, dopo che il cameriere si fu allontanato dal nostro tavolo.

«Di quanto?» chiese Cati.

«Una settimana», rispose Fede. «E io sono regolarissima.»

«Hai fatto il test?»

«Non ne ho il coraggio.»

Ani e io ci scambiammo un'occhiata.

«Potrebbero essere tante le ragioni del ritardo, magari è solo un po' di stanchezza», dissi, cercando di tranquillizzarla.

«Lo spero. Non programmavo certo un figlio a venticinque anni. Ho appena finito di sgobbare sui libri, dopo la laurea volevo godermi qualche anno di pace con Alex. Conviviamo da appena cinque mesi!»

Alla nostra età avevamo tutte superato il mito di due cuori e una capanna, avevamo le idee chiare su come si sarebbe dovuto svolgere il nostro futuro, non ci aspettavamo che il caso si insinuasse nei nostri programmi. Condividevo il suo sgomento, ma nel mio ruolo di amica avevo il compito di tranquillizzarla.

«Non ti fasciare subito la testa. Fino a che non fai il test sono tutte solo ipotesi.»

«Ma il test trasformerà tutto in una realtà!»

«Se hai bisogno di qualche altro giorno prenditelo, non è un problema», disse Ani con dolcezza.

«Non ho la minima idea di come reagirebbe Alex. So che anche lui vorrebbe una famiglia numerosa, e sono sicura che ci vogliamo bene, ma da qui a parlare concretamente di matrimonio e figli c'è una bella differenza. Ha appena aperto la partita IVA, è tutto molto incerto, io non so...»

La voce le si spezzò e tacque, affondando il naso in un fazzoletto.

Ci guardammo perplesse. La cosa era un tantino più grande delle solite stupidaggini di cui parlavamo.

Ani posò una mano sulla spalla a Fede e tentò di tranquillizzarla con qualche parola di conforto.

Di solito ero svelta a dare consigli, quando l'argomento era chiamare o meno il tipo con cui avevi scambiato il numero la sera prima al bar, ma non eravamo pronte per lo scoglio che avevamo davanti. Io ero una ragazzina che si trastullava con l'idea di Piero, Cati bruciava storie una dopo l'altra. Ani cercava di interpretare Ciser. Il matrimonio e i figli ci sembravano irreali, delle pietre miliari a cui aspiravamo ma in un tempo futuro vago e lontano. Prima volevamo vivere la favola di una grande storia d'amore, volevamo divertirci, magari viaggiare un po'. Come potevamo riuscire a prenderci cura di una nuova vita? Se non altro, Fede era la più matura tra di noi. La stabilità di una relazione le aveva svuotato la testa di tutte quelle fantasie un po' adolescenziali in cui noi ci crogiolavamo, e stava costruendo concretamente una vita di cui andava orgogliosa. Ma un figlio avrebbe messo fine a molte cose. In quel momento, facevo fatica ad immaginare tutto ciò a cui invece avrebbe dato un inizio.

L'arrivo del cameriere con il nostro ordine ci costrinse a tornare al presente.

Fede soffiò il naso e raddrizzò le spalle: «Mi concedo due giorni, poi faccio il test.»

«Brava. Magari ti arriva il ciclo e tra due giorni non ne avrai nemmeno bisogno.»

«Non si sa mai», mi rispose, guardandomi dubbiosa. «Però adesso distraetemi dai. Parliamo di qualche cazzata.»

«Giusto. Torniamo ad argomenti alla nostra altezza. Come va con l'atleta?» chiesi a Cati.

Aveva conosciuto un tipo in palestra, il tipo che posta video di se stesso che solleva pesi, gonfiando i muscoli davanti all'obiettivo, dopo settimane di messaggi erano usciti e avevano trascorso una notte bollente, dopodiché lui era sparito.

«Gli fa male il menisco», rispose lei.

«Gli hai scritto tu o ti ha scritto lui?» chiesi, socchiudendo gli occhi per assumere un'aria esageratamente inquisitoria.

«No, non gli ho scritto», rispose Cati. «Gli ho solo chiesto come stava!»

«Accidenti, ma lascia che sia lui a chiedertelo!» esclamai.

Ani mi guardò, come a smorzarmi. Ero sinceramente convinta che i miei consigli fossero validi, ma sapevo bene che era molto più semplice dare buoni suggerimenti che ascoltarli. Trattenni un sospiro. Del resto, quali evidenze potevo portare a supporto del successo delle mie tattiche?

«Lascia che ti insegua un po' lui», disse Ani.

«Lo so, lo so, ma è solo perché mi aveva parlato dell'operazione che doveva fare», disse Cati, bevendo un sorso d'acqua e guardandoci al di sopra del bicchiere.

«Va bene», capitolò dopo un momento, davanti alla nostra muta disapprovazione. «Non gli scrivo più. E se non si fa più sentire, che se ne vada pure per la sua strada.»

Annuimmo tutte e tre, convinte.

«Meglio fare spazio a uno che ti tratta come si deve», dissi. Da che pulpito.

Lanciai una occhiata veloce a Fede. La faccia era ancora tirata, ma si stava lasciando trascinare dalle nostre chiacchiere e sembrava essere uscita dal gorgo di elucubrazioni. Mentre Ani e Cati continuavano a dissertare su cosa pretendere da un ragazzo agli albori di una relazione, mi distrassi a pensare alla notizia della possibile gravidanza di Fede. Mi chiedevo quando avrei oltrepassato pure io quel ponte e sarei passata dalle scaramucce con i ragazzi a pianificare una famiglia.

Mi consideravo una ragazza realizzata, almeno per il momento: ero piena di amici, avevo un lavoro che mi permetteva di mantenere un piccolo appartamentino in affitto a Barcola, sul lungomare triestino (anche se ovviamente il mio budget non mi aveva concesso la vista mare... vedevo a stento il cielo). Sul lato professionale aspiravo a qualcosa di meglio. Mi sarebbe piaciuto fare carriera all'interno del colosso assicurativo per cui lavoravo, al momento nei livelli più bassi della scala gerarchica.

Il mio futuro non sembrava malaccio anche se, come tutte, aspettavo il grande amore. Ma le relazioni affettive erano sempre state il mio punto debole. Non capivo mai niente, collezionavo fallimenti e schivavo bravi ragazzi con precisione chirurgica. Ero convinta che il mio problema fosse che ero talmente condizionata dall'esperienza passata che partivo con la certezza che sarebbe andata male. E non avevo mai torto.

Le mie amiche erano ottimiste: ero mediamente carina, intelligente quanto bastava e allegra. Anche piena di difetti, quello sì, ma non tanto peggio delle altre. Mi dicevano che bastava aspettare, e avrei incontrato quello giusto.

Stefano, un ragazzo che avevo frequentato l'anno prima per qualche mese, fino ad essere completamente e disperatamente cotta di lui, un gran bastardo, mi aveva detto una frase che da allora mi era ronzata in testa: «Sei la classica ragazza che si stima molto meno di quanto vale.»

Quelle parole, l'unica eredità che valesse la pena conservare di quella storia, mi dicevano che forse bastava un po' più di fiducia in me stessa, un po' di coraggio. Ma tradurre il pensiero in una sensazione, in un sentimento, fino ad arrivare a crederci e trasformarmi in una persona meno spaventata, era un lavoro che non riuscivo a terminare. Quando mi innamoravo, la mia testa ed il mio cuore infilavano un bivio di strade divergenti, si salutavano per poi rivedersi a storia terminata.

In ogni caso, pregustavo la formazione per lavorare fianco a fianco a Piero, per capire meglio che tipo fosse, e vedere se sbocciava qualcosa.

Non appena entrai in Area Vendite, il giorno dopo, un Ciser baldanzoso mi venne incontro. Questo è già partito, pensai.

«Ma, Nina, buongiorno.»

«Buongiorno a te, Mister Back Office. Siamo allegri stamattina?» gli domandai, con un cenno malizioso.

«Felice come una farfalla in un prato», rise lui.

Alzai gli occhi al cielo. Alle sue spalle intravidi passare Piero in lontananza, che però non dava segno di avermi notata. *Che spettacolo*, pensai, adocchiandogli il fondoschiena.

Tornai a concentrarmi. «Ti devo dire di fare il bravo?» gli dissi, sventolandogli l'indice davanti al naso.

«Non ho nessuna intenzione di fare il bravo», disse lui. L'incontenibile eccitazione increspava con un sorriso il suo viso.

Mi portai le mani alle guance, in segno di fanciullesco imbarazzo. «Non so se voglio altri dettagli.» Lui mi scompigliò i capelli, ridacchiando, e mentre si allontanava gli gridai dietro. «Anche se in caso li posso chiedere a qualcun altro.»

Lui rise più forte.

Quel lunedì sarebbe iniziata la formazione a Monfalcone. Ero emozionata. Da giorni non avevo avuto l'occasione di parlare con Piero, e speravo che succedesse qualcosa.

Ovviamente lo avevo debitamente stalkerato su ogni social disponibile. Ma, mannaggia a lui, aveva solo il profilo Linkedin, il sito più frustrante per noi impavide violatrici della privacy, perché notificava all'utente chi ti aveva cercato. Niente account Facebook, né Instagram. Del resto, neppure usava WhatsApp. Non avevo confidenza con nessuno che potesse fornirmi qualche dettaglio su di lui.

Mi ero chiesta chi fosse la fidanzata. Non avevo sentito niente di niente al riguardo, ma mi ero fatta un'immagine abbastanza precisa di come potesse essere: me la figuravo piccolina, più ragazzina che donna, tosta con lui. Ci voleva carattere per stare con un tipo così. E ovviamente, immaginavo che fosse la sua ragazza del liceo, nota e rassicurante. Insomma, su di lui mi facevo un sacco di domande, ma fondamentalmente mi appariva come un gran mistero, mentre riguardo a lei mi ero già inventata tutte le risposte, ovviamente secondo quanto mi faceva più comodo.

Ero piuttosto annoiata. I mesi che avevano preceduto la mia laurea non mi avevano lasciato alcuno spazio per dedicarmi ad altro che studio e lavoro, in seguito avevo trascorso qualche mese di spensierata allegria assieme agli amici, ma ora avevo voglia di un cambiamento, di una sorpresa nella mia vita. Ma avevo tanta paura. Perché in amore non sapevo come muovermi. Non vincevo mai.

Avevo appuntamento al parcheggio con Tavo: mi avrebbe accompagnato il primo giorno per consegnare altro materiale, assieme ad un aggeggino che permetteva al broker il collegamento remoto con il nostro gestionale. Dopo, lui sarebbe rientrato in treno mentre io avrei tenuto la macchina aziendale per fare su e giù. Anche quella parte mi emozionava molto. Avevamo in garage una Peugeot 2008 bianca piuttosto malandata, allestimento povertà, interni tristezza, ma comunque una macchina più costosa della mia Lupo di seconda mano, e mi sarei sentita molto figa a guidarla.

Mentre aspettavo Tavo, guardavo i colleghi entrare frettolosamente in Area Vendite, per l'inizio del turno. Alcuni solitari, altri in gruppetti infreddoliti. In pochi mi vedevano, seminascosta dietro l'angolo. Conoscevo quasi tutti, i loro nomi e le loro storie: nel mio ufficio si faticava a conservare un segreto, e ricamare sul gossip era il passatempo più gradevole per noi poveri operatori, i polli in batteria del ventunesimo secolo. Ecco Ines, madre di quattro figli, che per arrivare a fine mese si faceva il pane in casa ogni giorno: aria da suorina, viso acqua e sapone, innamorata del marito, una macchina da guerra in cuffia e noiosissima e bacchettona al di fuori. Simona, che prima che io fossi assunta dominava i maschietti del call center con un seno sproporzionato (avevo sentito dire una misura ottava... ma esisteva? Non riuscivo nemmeno a figurarmela), e che aveva optato per una riduzione chirurgica che le aveva lasciato due patetici sacchetti che rovinavano il suo fisico, perfetto sotto ogni altro punto di vista. Giorgia arrivava ticchettando sulle décolleté, vestita come un'impiegata di un film di Hitchcock, neo finto e capelli cotonati, sentendosi superiore a noi perché lavorava in Back Office. Poi vidi Piero. Aggrottai la fronte: che ci faceva in ufficio? Avrebbe dovuto aspettarci direttamente a Monfalcone... Lo osservai, la sua andatura rigida, come sempre sofferente per il freddo. Lo seguii con lo sguardo, senza essere vista, fino a che lo vidi entrare in ufficio. In quel momento arrivò Tavo, portando uno scatolone di moduli.

«Ciao, ma ho visto Piero entrare, non dovevamo trovarci direttamente a Monfalcone?»

Tavo scosse la testa, mentre sistemava lo scatolone nel baule della macchina. «Ha chiesto di essere esonerato, dice che aveva del lavoro da fare. Che poi, non ho mai capito che faccia tutto il giorno», borbottò.

Incredula, esclamai: «Non ne sapevo nulla! Ma quindi sarò lì da sola?»

Mi pentii immediatamente del tono di voce troppo acuto con cui avevo parlato.

Tavo si strinse nelle spalle. «Vedrai che te la caverai benissimo!»

Ingoiai la delusione. Le due settimane che mi aspettavano avevano improvvisamente perduto ogni attrattiva. Ma la cosa peggiore, era il fatto che non si fosse nemmeno degnato di avvisarmi.

Fanculo, pensai, salendo mestamente in macchina. *Fanculo, fanculo, fanculo.*

APRILE

Il bambino c'era, era di cinque settimane e sarebbe nato a dicembre. Un bel regalo di Natale per Fede e Alex.

Fede ci imbrogliò dicendo che si sarebbe concessa ancora qualche giorno prima del test, siccome il suo corpo le stava dando qualche segnale che forse il ciclo era in arrivo. Ci invitò a casa sua una domenica pomeriggio per tenerle compagnia in quei giorni di tensione, siccome il fidanzato era in trasferta per lavoro.

Ci aprì la porta con un sorriso che raccontava un'altra storia.

«Maledetta, ci hai preso in giro!» esclamai. Ci stringemmo in un abbraccio di gruppo.

«In qualche modo faremo. Alex era felicissimo quando gliel'ho detto, non ha mai accennato al fatto che sia troppo presto. Ha detto che ha sempre voluto una famiglia numerosa e che non vede l'ora di cambiare pannolini e dare biberon.»

La sua espressione conservava un'ombra di preoccupazione, ma la felicità riempiva il maggior spazio.

Mi sentivo sgomenta. Era una cosa così grande, nelle nostre mani di bambine, che pareva proiettarci fuori dall'adolescenza verso l'età adulta.

«Aspettiamo che nasca e che passino i primi mesi, poi inizieremo a pensare a una casa più grande. Credo che ci concederanno un piccolo mutuo. I nonni sono contenti, anche se mia mamma non ha potuto evitare di farmi una ramanzina. Ma per fortuna adora Alex, alla fine ha prevalso la voglia di spupazzarsi un nipotino.»

Fede parlava a raffica, il pensiero rivolto a tanti progetti e cose belle che la aspettavano nei prossimi mesi e, sebbene non desiderassi un figlio in quel momento, non potei fare a meno che invidiarla. Ero felice che fosse felice. Ero contenta di vivere questo momento con lei.

Avevo trascorso due settimane in una tranquilla agenzia di provincia, sperimentando ritmi meno frenetici e travolgenti del lavoro in cuffia, ed era stato come sbirciare da uno spiraglio sul mondo vero; i clienti passavano e si facevano offrire il caffè, chiedevano notizie dei famigliari, scherzavano senza fretta con i loro assicuratori. A volte mi pareva che, al di fuori del call center, esistesse una realtà pacata e dai colori pastello, che al momento mi scorreva accanto parallela, senza coinvolgermi. Da fuori i miei ex compagni di università, precari se non disoccupati, invidiavano il mio contratto a tempo indeterminato, il mio stipendio dignitoso, i miei orari comodi. Ma mi restava addosso la sensazione che il mio posto fosse una sorta di limbo poco paragonabile ad un impiego vero. Non avevo una scrivania tutta mia, la mia postazione, finito il turno, passava all'operatore successivo, quindi dovevo sgombrare le mie cose, non potevo personalizzarla con una foto o un portapenne, né avevo modo di organizzare i miei compiti, perché di compito ne avevo solo uno, dovevo solo rispondere al telefono ancora, e ancora, e ancora, cercando di essere svelta e chiara.

Nessuno veniva a lavorare lì per restarci a lungo, ma in una città come Trieste, dove le alternative erano poche, quel parcheggio provvisorio, adatto a giovani frizzanti e con la voglia di sgomitare, si trasformava in una sosta a lungo termine per mamme che decidevano di chiudere la laurea in un cassetto e godersi il part time.

Tornata in sede, avevo raccontato a Lorenzo che l'esperienza mi era piaciuta molto, sperando che mi tenesse in considerazione anche per occasioni future. Aveva colto il messaggio. Nonostante il primo momento di amarezza per la débâcle di Piero, ero contenta di aver rotto il ghiaccio con il mondo esterno. L'Area Vendite, nonostante fosse un microcosmo variegato, era piuttosto soffocante, a volte.

Stavo finendo di mescolare il mio the, nella saletta ristoro dell'ufficio, cercando di scrollarmi di dosso una certa apatia. Ciucciai accuratamente la bacchetta, prima di buttarla nel cestino della plastica, e mi sedetti sul davanzale della finestra, davanti alle macchinette. Non era la consueta ora di pausa, quindi ero da sola. Avevo bisogno di qualche minuto di quiete. Quella mattina, tutti i clienti mi parevano pesanti, e probabilmente ero anche stata maleducata in un paio di occasioni. Sospirai. A volte capitavano delle giornate così.

Guardai fuori dalla finestra. Il cielo era grigio piombo, e incombeva basso sulla città. Ci voleva un po' di bora, pensai. Se non avesse fatto troppo freddo, appena uscita dall'ufficio mi sarei fermata sul lungomare a prendere un capo in b, il caffè simbolo della triestinità, guardando i gabbiani, prima di rientrare a casa. Adoravo restare in contemplazione del mio golfo, con la curva della costa che culminava nel castello di Miramare. I bei paesaggi avevano sempre il potere di rasserenarmi, bastava che in qualche punto il mio sguardo incrociasse un pezzo di mare.

Sentii passi in avvicinamento, e diressi lo sguardo verso la porta della saletta ristoro. Ani fece capolino. Le sorrisi subito.

«Ho visto che venivi qui e mi sono scollegata», mi disse.

«Ma hai già fatto pausa?»

Scosse la testa, infilando la chiavetta per il caffè. «No, ero in linea con un collega di mio papà, che mi ha chiesto un preventivo, ma non capiva nulla, in più mi ha domandato come stava tutto il parentado... conosceva tutti i miei zii per nome, e a me sembra di non averlo mai nemmeno visto. Un impiccione, insomma.»

Annuii, distrattamente.

«Come stai?» mi chiese, ritirando il caffè e sedendo accanto a me.

«Scazzo. Ma tutto ok. Appena arrivo a casa mi piazzo davanti alla tele e mi guardo una stagione di Pretty Little Liars, hai presente, abbruttimento totale, patatine e birra?»

«Perfetto direi.»

«E tu? Ciser?» chiesi, abbassando la voce anche se eravamo sole.

Lei sorrise, con la luce negli occhi. «Così. Ci messaggiamo. Vuole che usciamo di nuovo.»

«E ci andrai?»

«Boh. Non lo so. Credo di sì. Mi fa ridere, è carino.»

«Ma la fidanzata?»

«Si sono appena lasciati, dopo quattro anni di convivenza.»

Azz...

Riflettei per un momento.

«Secondo me lui è già partito.»

Mi sorrise, colpevole. Se ne era resa conto.

La sua recente rottura con la fidanzata mi preoccupava, ma mi trattenni dall'esprimerlo ad Ani, che odiava venir oppressa. Riflettevo spesso sulla sua spensieratezza, con cui facevo fatica a riconciliarmi. Mi procurava un disagio che non riuscivo a focalizzare bene, sospettavo legato ad una forma di invidia. Io ero troppo inquadrata. Ma se fossi riuscita a caricarmi di meno peso, nell'affrontare le situazioni che mi si paravano davanti, forse avrei vissuto meglio. Ma anche in questo caso, arrivavo spesso alla conclusione che le mie riflessioni erano assolutamente inutili, dato che la mia mente non aveva controllo sulle mie emozioni. Io ero fatta così, era ora di accettarlo. Ero in lotta continua, per tenere a bada il mio cuore, forse senza molto senso.

Ci distrasse il bip di un messaggio al suo cellulare.

Diede una sbirciata, e sul suo viso sbocciò il sorriso.

«Vuole sapere di cosa stiamo parlando», rise.

«Caspita, se ti tiene d'occhio». *Lievemente angosciante*, pensai.

«Che gli dico?»

«Che stiamo discutendo se sia meglio baciare con lingua a pennello o a trapano», buttai lì.

Ani scoppiò a ridere, e iniziò subito a digitare.

Mi coprii gli occhi con la mano.

'Vieni qui che ti do una dimostrazione', rispose subito lui, aggiungendo una sfilza di limoni al messaggio.

'Ti mando Nina', scrisse Ani.

La guardai spalancando gli occhi, facendole cenno con la mano che stava fuori.

'Pronto', rispose lui.

«Voi siete matti», risi, alzandomi a buttare la tazzina nel cestino, mentre Ani mi seguiva, e rientrammo in Area Vendite.

«A dopo», ci salutammo, strizzandoci d'occhio.

Vidi Ciser arrivare dall'altra estremità del call center, venendomi incontro.

Finsi indifferenza mentre ci passavamo accanto, entrambi con un mezzo sorriso sulle labbra, ma lui mi prese per un braccio, sussurrandomi: «Andiamo a riscuotere sto limone.»

Risi e mi liberai dalla sua stretta, facendo il gesto di scappare via. A pochi metri da noi, vidi Piero che ci guardava, l'espressione indecifrabile. Mormorai un ciao e tornai alla mia postazione, domandandomi se avessi appena fatto una figuraccia.

«Un bacino, piccolino piccolino, rubato di soppiatto, ma ha cambiato tutto», mi confessò Ani, vergognosa.

«Beh, era abbastanza evidente che sareste arrivati lì», le risposi, crepando di invidia.

Eravamo a casa mia, in assoluto relax sotto una pelosissima coperta, tisana digestiva e tv in sottofondo. Due vecchie, insomma. Ci mancava solo la sciatica. La bora soffiava a raffiche e faceva tremare i vetri. In certi momenti, avevo la familiare sensazione che la casa mi potesse crollare in testa. Non sarei uscita per niente al mondo. Il mio appartamento, piccolino e scalcagnato, ma pieno delle mie belle cose, mi confortava. Una candela accesa sulla mensola profumava l'aria, e diffondeva una luce mobile, viva.

Ani stava vivendo quello che avevo desiderato per me e Piero, che ormai insultavo mentalmente accusandolo di non avere il coraggio necessario a prendere l'iniziativa per una cosa che probabilmente manco gli passava per la testa.

«E adesso?» le chiesi.

«Adesso felicità. Nessun programma, voglio viverla e basta.»

«Certo», annuii, spremendomi fuori un sorriso. Ero vagamente preoccupata. I miei dubbi su Ciser rimanevano: era cambiato nelle ultime settimane, si era fatto più attento, premuroso, tanto che faticavo a capire chi avevo davanti: il collega di cui non mi fidavo, o un nuovo amico? Il problema, di fronte a questo interrogativo, è che non sarei stata io a farmi male, se la risposta fosse stata quella che temevo.

Vissi la nostra serata, niente più che due chiacchiere di fronte alla Tv accesa, con svogliatezza. Avevo voglia di parlare di Piero, ma non avevo nulla da dire su di lui, quindi non avevo voglia di parlare di nulla.

Volevo buttarmi anche io, decisi. A qualunque costo. Volevo il batticuore, anche a rischio di pagarlo con le lacrime. Sospirando, allungai il collo per darmi un'occhiata allo specchio: mollettone sui capelli, pigiama sformato sulle ginocchia, faccia lucida di crema idratante. Pessima.

Appena Ani se ne andò, mi alzai pigramente e andai in camera, aprii le ante del mio armadio e iniziai la perlustrazione: gli abiti migliori che avevo erano stati scelti per occasioni formali: la laurea, i primi giorni di lavoro in Area Vendite, quando ancora non avevo capito l'andazzo generale, dominato da jeans e felpe, mood scazzo totale. In effetti, il mio guardaroba non era molto frizzante. Qualche abito sportivo per il tempo libero, un paio di top per la sera, due tailleur e qualche tubino molto elegante ma da signora. Guardai il tutto con occhio critico. Ok, Piero non mi considerava. Ma nel mondo ci doveva pur essere qualcuno a cui potessi piacere. Forse non tutti avevano quel bel faccino, ma...

Mi imposi di smettere di pensare a lui.

Mi collegai a internet e iniziai a navigare il sito di Zara. Mi serviva decisamente qualcosa di un pochino più sbarazzino e provocante. Ma perché cavolo avevo comprato quel tubino rosso? Mi ero sentita Audrey Hepburn, ricordai, indossandolo. Ma solo Audrey poteva indossare gli abiti di Audrey sembrando Audrey. Su di me l'effetto Gabibbo era scontato.

Trovai on line qualche abitino un po' più corto e svolazzante. Vidi un gran gioco di cinture: non ero sicura di farcela, ma ci potevo provare. Il mio budget era molto risicato, quindi dovevo puntare su pezzi intercambiabili, che avrei potuto mixare... Mi feci un'idea e presi qualche appunto mentale, e decisi che il giorno dopo sarei andata a fare shopping.

Come un cavaliere che scende nella mischia, percepii molta carica, e un gran ottimismo. Mi meritavo anche io la favola. Altrimenti avrei finito con lo sterminare ogni principe azzurro in circolazione.

«Mi sono iscritta a Tinder!» annunciò Cati un mattino, mentre prendevamo un caffè alle macchinette prima del turno, sole noi tre, siccome Ani era in ritardo.

Fede sedeva sul davanzale con un the, che aveva imbottito di zucchero, la faccia vagamente verdognola. Era entrata nel fantastico periodo delle nausee, che tutto sommato non l'aveva travolta del tutto ma le rendeva difficili le mattine. Mescolava ipnoticamente il cucchiaino nel bicchiere, senza decidersi ad affrontare il primo sorso. «La app per conoscere ragazzi? Brava, buona idea!», le rispose.

«E che succede su Tinder?», chiesi.

Ci avrei potuto provare anche io, magari. Ma mi resi immediatamente conto che affrontare una nuova conoscenza con il dichiarato presupposto di essere disponibili per una storia era l'esatto opposto della facciata dietro cui mi nascondevo. Ostentatamente autosufficiente. Sprezzantemente superiore. Era un'esperienza di gran lunga fuori dalla portata delle mie possibilità.

«Ho incrociato qualche pirla, ma ci sono anche un paio di ragazzi carini. Ho iniziato a chattare con un tipo di Gorizia, Marco. Ve lo mostro.»

Frugò nel telefono per trovare la foto, poi ci porse lo schermo. Era veramente carino. Un moretto in posa, l'aria da narciso. Venni punta da un mix di invidia nei confronti di Cati e di antipatia per il tipo della foto.

«È fidanzato, ma ha voglia di novità», aggiunse, con simulata noncuranza.

Fede e io raggelammo.

«Fidanzato? Ed è iscritto su Tinder?» domandai.

«Ma sì, con la fidanzata non va più tanto bene, ha bisogno di evadere un po'. Io di lei non voglio sapere nulla, del resto non la conosco, è una sua responsabilità, a me interessa che sia carino con me.»

Fede e io ci scambiammo una veloce occhiata, la precisa consapevolezza che stavamo pensando entrambe la stessa cosa.

«Ma se lui è impegnato e cerca un po' di divertimento avete obiettivi molto diversi», feci notare a Cati. Mi feci forza per soffocare l'istinto a sottolineare l'aspetto morale della faccenda, che sembrava così fuori moda.

Lei fece spallucce. «Vediamo come va. Per il momento mi manda il messaggio del buongiorno ogni mattina, e stiamo programmando di incontrarci la settimana prossima.»

Sfoggiava una disinvoltura che mi convinceva poco. Diceva spesso che non si sarebbe formalizzata davanti ad una storia di solo sesso, e in via teorica avrei appoggiato una scelta lucida e consapevole, ma sapevo bene che aveva fame d'amore, e ci pareva chiaro che agognasse ad un fidanzato da portare a pranzo da mamma la domenica. La vedevo male, ma non volevo frenarla più del necessario. Era pure giusto che si lanciasse in qualche avventura. Ma la mia espressione, che era la fotocopia di quella di Fede, lasciò trapelare quello che pensavo senza alcun filtro.

«Lo so cosa state pensando ma non ditemi nulla! Ho voglia di divertirmi senza preoccuparmi del futuro!» sbottò Cati.

«Hai ragione, temiamo solo che tu possa restarci male!»

«Voglio conoscerlo e vedere come va, poi vedremo.»

Che in teoria filava perfettamente. Ma quel 'vedremo', la serenità di accettare quello che sarebbe successo senza ansie, era poco credibile.

«Ok. Allora un passo alla volta e non partire a tutta velocità.»

Cati ci mostrò i pollici prima di gettare i bicchierini di plastica nel cestino e tornare in postazione. Nell'uscire dalla saletta, Fede ed io ci scambiammo un'occhiata di preoccupazione.

'Ehi ciao', mi scrisse una mattina Piero in Skype, a sorpresa. 'Un cliente ha mandato un reclamo, con copia all'IVASS. Te lo devo inoltrare per la risposta.'

Il mio cuore mancò qualche battito. Erano giorni che non lo sentivo. Mi bruciava ancora un pochino, anche se ero riuscita a passarci su. Ma... mi emozionava parlare con lui.

Che ansia il reclamo però, pensai. Quando un cliente esprimeva lamentele sul nostro lavoro, l'azienda, nella sua magnanimità, ci concedeva di giustificarci. Dovevamo raccontare come avevamo gestito la situazione, motivando eventuali decisioni, affinché chi doveva rispondere al cliente avesse un quadro chiaro. Bisognava valutare se scusarsi, a causa di un nostro errore, oppure semplicemente fornire qualche spiegazione in più.

'Sì, manda, ci guardo.'

Attesi la mail, perdendomi per un attimo nel pensare a lui. Avevo sentito il suo sguardo su di me, in un paio di occasioni, ma se ne era rimasto silenzioso, lontano.

Aggiornai un paio di volte la mail, ma non vidi arrivare niente.

Con la coda dell'occhio, lo vidi venire verso di me,

i fogli in mano. «Non si legge niente se li scannerizzo, prova a vedere se riesci a decifrarli così», mi disse, posando i fogli sulla mia scrivania.

Per un paio di secondi rimanemmo occhi negli occhi.

«Certo», balbettai. «Li leggo subito.»

«Ok.» Un mezzo sorriso, e se n'era andato.

Avevo sentore che non fosse totalmente a suo agio con me, la sensazione di pancia di piacergli, ma da come si era comportato mi pareva improbabile che fosse qualcosa di più di un mio film mentale.

Dopo qualche secondo, un messaggio.

'Come siamo eleganti', mi scriveva, via telefono.

Mi batté forte il cuore. Mi resi conto che un sorriso ebete mi era germogliato sulla faccia.

Come potevo rispondergli? Un timido grazie? O magari potevo fargli capire che gli avrei aperto volentieri uno spiraglio? Memore dei miei disastri passati, mi fidavo poco del mio istinto.

Ci pensai su un bel po', fingendo di occuparmi del reclamo, con il viso nascosto tra i capelli, sperando che Lorenzo non mi pizzicasse scollegata, e mi buttai.

'Magari speravo in un invito per un caffè...', digitai. Un secondo dopo l'invio, mi assalirono mille dubbi. Troppo audace? Troppo disponibile? Porca miseria, io avevo proprio bisogno di un manuale con regole chiare e precise, da imparare a memoria.

'Pronto, tra dieci minuti?' mi rispose subito.

'Eh certo... treno perso!' scherzai, per fare la preziosa.

'Come sei cattiva.'

'Altrimenti non c'è gusto!' lo provocai.

'Accidenti, vero', rispose, con le faccine che ridevano.

"Ok tra dieci minuti", dissi. Preziosa ma non troppo.

Sfilai lo specchietto dalla borsa per un controllo veloce al trucco, tentai di sistemare meglio i capelli e controllai che i miei vestiti fossero in ordine. Gli concessi dodici minuti, poi mi scollegai e andai nella saletta del caffè.

Mi aspettava scrollando il telefono.

«Basta far arrabbiare i clienti, che poi mi tocca lavorare», mi rimproverò.

«Accidenti, non volevo farti questo affronto. Per farmi perdonare, ti concedo di offrimi un caffè.»

«Pure! Che prendi?»

«Americano.»

Indossava una camicia bianca, le maniche arrotolate su avambracci muscolosi. Non portava orologio o, grazie a Dio, braccialetti.

Mi porse il caffè. Lo assaggiai cauta. Temperatura di trecento gradi, come sempre. Guardai Piero dal di sopra del bicchierino, con quella che speravo fosse un'occhiata maliziosa.

«Non penso proprio di causarti un gran lavoro. Tratto bene i miei clienti, io.»

«In effetti hai colleghi che collezionano lamentele.»

«Tipo?» volli sapere subito, curiosissima.

«Ragazze che non sanno essere gentili.»

«E a noi non piacciono le ragazze che non sanno essere gentili.»

«A noi non piacciono le ragazze che non sanno quando essere gentili», sottolineò.

«Quindi un po' di mordente va bene, di tanto in tanto?»

«Sì, i morsi vanno bene, di tanto in tanto.»

Che mi stava succedendo? Stavo ribattendo battuta dopo battuta, come una vera ragazza navigata, senza impappinarmi o fare uscite fuori luogo. Ero tesa come una corda di violino, ma gli tenevo testa, come se per un momento mi fossi scordata quanto ero imbranata. Mi stava venendo così bene, che infatti fummo interrotti. Un gruppetto del Back Office fece irruzione nella saletta, chiacchierando fitto.

Piero ed io fummo costretti a spostarci, improvvisamente senza sapere cosa dirci. Il momento magico ci era sfuggito. Eravamo di nuovo due colleghi che si conoscevano poco.

«Meglio che torni a lavorare», dissi, terminando l'ultima goccia di caffè, per toglierci dall'impiccio.

Gettammo i bicchierini e mi seguì in Area Vendite. Prima di separarci, mi strizzò d'occhio.

Tornai alla mia postazione, guardando pensosa i documenti che mi aveva stampato Piero, e ripensando emozionata a quello che ci eravamo detti.

«Stai sorridendo da sola... che succede?» La voce di Lorenzo, che mi si era avvicinato di soppiatto, mi fece sobbalzare.

«Stavo rispondendo ad un reclamo», balbettai, arrossendo.

Lui mi scrutò, e scelse di soprassedere.

«Fa vedere», disse, prendendo i fogli dalle mie mani.

Piero aveva pinzato la stampa della polizza e di tutto il campo note dietro al reclamo. Il cliente aveva fatto un sinistro di modesta entità, ed era rimasto scioccato quando si era visto addebitare la franchigia. Sosteneva che nessuno gli avesse spiegato che la sua polizza lo prevedeva. Io avevo parlato con lui due volte: avevo compilato il preventivo originario, e qualche giorno dopo lo avevo ribeccato per la stipula. Tra i miei due interventi, il cliente aveva chiamato per delucidazioni e aveva parlato con una delle nostre colleghe più anziane, Sara Sibar, un donnone inacidito che deteneva un numero record di anni in cuffia, qualcosa come nove, che aveva ridotto il costo della polizza inserendo una franchigia.

Mi pareva probabile che la collega, nota per essere una stipulatrice seriale, avesse glissato su cosa comportasse effettivamente la modifica.

Lorenzo annuiva, leggendo le carte. Ci capimmo con uno sguardo. Sapevo che non mi giudicava responsabile del reclamo. Mi piaceva tanto la sintonia che avevo con lui, nonostante litigassimo spesso.

«Scrivi in due righe la tua versione e chiudiamo la faccenda», mi disse, restituendomi i documenti.

«Agli ordini, boss.»

Adorava quando lo chiamavo così. Se ne andò strizzandomi d'occhio.

'Ragazze oggi non ne posso più... meno male che Salva è particolarmente figo, con quel dolcevita color prugna', digitò Fede sul nostro gruppo.

'E come ogni prugna che si rispetti fa cagare', risposi subito, con tante faccine che ridevano. Già mi immaginavo Fede che leggeva il messaggio e sfoderava Lo Sguardo, quell'occhiata in misto rimprovero/severità che di tanto in tanto ci tributava, e che riusciva solo a lei.

Cati e Ani si aggregarono alle mie risate.

'Cosa non gli farei...', scrisse Fede.

'Niente pensieri peccaminosi in Area Vendite, Fede. È colpa degli ormoni della gravidanza, dopo che avrai partorito ti apparirà per quello che è veramente', scrisse Cati.

'Nina, hai una rivale!' disse Fede.

Risposi subito con tante faccine preoccupate.

'Giorgia oggi in ascensore ha attaccato un pippone a Piero, chiedendogli un sacco di cose, in che zona di Monfalcone vive, se è in affitto o se la casa è sua... ci provava spudoratamente. '

Mi rilassai leggermente. Al di là del fatto che aveva vent'anni più di lui, venti chili più di lui, e che era un personaggio assurdo, lei e il suo neo finto. Ero gelosa di tutto e tutti, ma almeno su quel fronte serenità totale.

'Ah beh insomma se la concorrenza è questa...', scrissi.

'Sì, da noi non hai proprio nulla da temere', scherzò Ani.

'Voi non cogliete la sua bellezza intrinseca', risposi.

'Ma non avevi mollato?' chiese Cati.

'Se una ha colonizzato l'orto per prima, rimane suo, vi avviso', le redarguii.

'Ma lui è d'accordo?' chiese Cati.

Mi infastidii leggermente.

'Mi ha scritto ma come sei elegante, poi mi ha offerto un caffè', dissi subito, con soddisfazione carogna.

Immediatamente, in lontananza vidi con la coda dell'occhio Ani inclinarsi temerariamente all'indietro con la sedia, per darmi una sbirciata. Squadrò i miei banalissimi jeans, e scrisse, in fretta 'Cioè, hai addosso jeans e maglietta e lui ti ha scritto che sei elegante? Ma è un approccio!'

'Boh... non lo so', risposi, cercando di sminuire la cosa, insicura come sempre.

'Oggi? Ti ha scritto? Ma vi sentite? Che ti ha detto al caffè?' chiese Fede, smaniando per i dettagli.

'Ma no, sono giorni che non mi calcola, in realtà, solo oggi... abbiamo parlato per lavoro e una cosa tira l'altra.'

'Ma dai ma se ti ha scritto così ci prova', insistette Fede.

'Non mi pare mica convinto... l'ha soltanto buttata lì', minimizzai. Avevo paura di crederci.

'Invitalo tu per un caffè domani. Ormai hai confidenza', mi suggerì Cati.

'Ragazze non ce la posso fare.'

'Serve aperitivo di emergenza', decise Fede.

'Assolutamente. L'alcool fornisce le migliori risposte', sentenziai.

Il Venerdì Santo, il call center chiudeva alle 13. Un gruppetto di noi aveva organizzato un pranzo dopo il lavoro, per scambiarsi gli auguri e salutarci, nonostante il martedì successivo, di lì a tre giorni, ci saremmo ritrovate tutte come sempre in cuffia. Indossavo il mio abitino nuovo, e mi sentivo, nei limiti delle mie possibilità, uno schianto. Avevo piastrato i capelli, abbondato di ombretto, camuffato qualche brufolino con il correttore.

In un impeto di entusiasmo nerd, avevo infilato un vistoso anello all'indice della mano sinistra, e avevo fatto il mio ingresso in Area Vendite con passo regale, mentre nella testa mi risuonava la colonna sonora del Trono di Spade.

Mentre mi sistemavo alla mia postazione, ricevetti subito un WhatsApp. 'Bello il vestito', scriveva Fede, 'Top Top Top'.

Ammazza, che radar. A Fede non sfuggiva un outfit. Le mandai un emoticon. Adoravo il supporto delle mie amiche.

Feci una smorfia quando dovetti pigiare i capelli dietro alla cuffia. Mentre sistemavo borsa e blocco per gli appunti sulla scrivania, Lorenzo mi passò davanti, adocchiando il mio abito. «Sembri un divano», commentò, strizzando gli occhi.

Le mie spalle sprofondarono di mezzo metro, così come il mio orgoglio.

«Non capisci niente», gli gridai dietro, mentre si allontanava con un sorriso, e io mi collegavo alla rete.

La prima telefonata mi entrò in cuffia, e iniziò la routine quotidiana. Il sistema mi sparava le chiamate una dietro l'altra, non consentendomi nemmeno di chiudere la schermata del cliente precedente, prima di affrontare quello successivo. Spesso dovevo lasciare la nota della chiamata chiusa mentre già ragionavo sulla nuova situazione.

Mi pizzicò un cliente che stava acquistando la macchina nuova, e aveva necessità di fare variazione dalla vecchia, un catorcio di vent'anni. Iniziò a bersagliarmi di domande sulle garanzie accessorie: la franchigia sull'incendio e furto, la differenza tra Kasko e miniKasko, gli infortuni al conducente... il quarto d'ora della pausa venne e passò, mentre la mia telefonata si allungava. Vidi le Ganze farmi cenno di raggiungerle in saletta caffè, ma segnalai loro che non riuscivo a schiodarmi.

Avrei potuto incidentalmente far cadere la telefonata, ma usavo questi biechi mezzi con parsimonia, solo in casi estremi, tipo se stavo per farmela addosso, per non farmi beccare da Lorenzo; il cliente poi aveva l'irritante abitudine di fingere che la nostra chiacchierata stesse per concludersi, per piazzarmi un'altra domanda che necessitava di una sfilza di nuove spiegazioni. Scocciata, sovrappensiero, mi infilai una penna tra i capelli e diedi un paio di giri, annodando la coda in un improbabile chignon che sparava ciuffi da tutte le parti.

Impiegai un quarto d'ora per fargli tre preventivi diversi, e mi disse che ci avrebbe pensato e che avrebbe richiamato l'indomani per stipulare.

Mi scollegai quando tutti gli altri colleghi erano ormai rientrati dal caffè, e mi avviai in saletta mogia e solitaria. Quando non riuscivo ad andare in pausa con gli altri mi prendeva il nervoso. Già il lavoro era monotono, se non altro quattro chiacchiere alla macchinetta rendevano il turno più tollerabile.

Presi il mio solito caffè americano e sedetti sul davanzale, guardando gli alberi fuori dalla finestra. Vidi passare alcuni ospiti, in visita in Area Vendite. Salva, tirato a lucido nel suo migliore completo blu, stava spiegando come ragionava il nostro gestionale, e come l'introduzione del nuovo sistema, lo scorso anno, avesse ridotto i tempi di attesa medi dei clienti del 25%.

Ricordavo bene il *go live* del nuovo sistema: avevamo passato ore ed ore bloccati a fissare il vuoto con lo schermo del pc impallato, cercando di placare i clienti infuriati fermi dal concessionario, in attesa del nostro foglio di via per ritirare la macchina. Credo che un rallentamento nell'operatività quotidiana fosse un passaggio obbligatorio in tutte le aziende che aggiornavano il loro sistema operativo, ma la cosa che avevamo trovato deprimente e che aveva alimentato il nostro scontento era stata che a nessuno di noi operatori era mai stato richiesto un parere dalla prima linea. Polli in batteria.

Scorsi Piero in fondo al gruppo; accompagnava i visitatori in veste di paladino della qualità aziendale. I nostri sguardi si incrociarono, la sua espressione non cambiò, nonostante i nostri occhi parvero agganciarsi per un lunghissimo momento.

Il gruppo passò avanti, e dopo un secondo Piero si infilò nella saletta caffè. «Ciao Nina, tutto bene?»

Sorpresa, gli sorrisi. «Mi tocca prendere il caffè da sola per colpa di un cliente», risposi.

«Meglio soli che mal accompagnati», predicò lui. Doveva essere la sua filosofia di vita.

«Non se resto sola a causa di un tizio che mi ha inchiodato in linea per mezz'ora per fare variazione. Un incubo.»

«Lo hai trattato bene? Sennò arriva lavoro a me», mi rimproverò, scherzoso.

«Ho fatto la brava», dissi, mettendomi le mani ad aureola sopra la testa. Con quel movimento, mi resi conto con orrore che avevo ancora la penna infilzata nel ciuffo, anche se mezzo lato si era praticamente sciolto e una ciocca di capelli mi pendeva floscia sulla spalla. Che potevo fare? Sfilare la penna con gesto disinvolto? Mi sentivo rigida come un automa. Senza uno specchio davanti, magari rischiavo di fare peggio. Sospettai che i miei capelli non si sarebbero sbrogliati con un fluido movimento sinuoso, ricadendo sulle spalle in una cascata setosa. Più verosimilmente, sarebbero esplosi in ogni direzione. Dovevo lasciare tutto così, fingendo di essere una ragazza sicura di sé, noncurante del suo aspetto... Chissà cosa stava pensando. Che sfigata.

Mi feci venire velocemente in mente qualcosa da dire.

«Chi sono i visitatori?»

«Gente del ramo banca. C'è l'idea di replicare il nostro modello per i prodotti finanziari.»

«Aprono un nuovo call center?» chiesi.

«Sì, l'idea è quella,»

Adocchiò fuori dalla saletta, per tenere d'occhio gli ospiti.

«Altri disgraziati che finiranno col fare la nostra stessa fine...»

«Non si sta così male qui.»

«Parli così perché non sei più attaccato alla cuffia.»

«Cuffia o no, qualcosa di interessante per cui vale la pena venire in ufficio lo trovo.»

Mi accarezzò il corpo con uno sguardo che mi fece rabbrividire di emozione.

Tentai di balbettare qualcosa in risposta, ma mi aveva steso. In mancanza di meglio, abbozzai un sorriso.

«Devo andare, passo dopo per gli auguri», mi salutò allora lui, con un mezzo sorriso.

«Ciao ciao.»

Rimasi imbambolata a guardarlo.

Mi chiesi per la milionesima volta perché mi stuzzicasse con questi atteggiamenti, senza mai spingersi oltre, senza dare continuità o invitarmi per un'uscita un po' più interessante, magari la sera. Forse la risposta era nel fatto che fosse fidanzato, o magari che, banalmente, non gli piacessi abbastanza. Nonostante le battute, anche in lui percepivo un certo impaccio quando stava con me. Pareva emozionato. Ma magari era solo un aspetto del suo essere poco socievole. Si scioglieva quando riusciva a giocare la parte del tombeur de femmes, senza quei panni non sapeva chi essere.

Mi imposi di non pensarci troppo, e tentare di vivere tutto con leggerezza, anche se difficilmente si sposava con il mio carattere. Volevo imparare a non farmi troppe domande, a non appesantire ogni cosa, ma la mia smania di sviscerare ogni impulso umano mi inchiodava in lunghe riflessioni che, prive di contraddittorio, spesso si avviluppavano su se stesse, mediamente inutili.

Tornai alla mia postazione con il passo leggero, felice. Ero contenta che mi sarei portata nel cuore il suo saluto per il fermo pasquale.

Il pranzo con le colleghe fu allegro e chiassoso; eravamo un bel team, la parte migliore della mia vita lavorativa. Ciascuna di noi operava in autonomia, e non dipendere una dal lavoro dell'altra rendeva i litigi molto rari. Tornai a casa con due birre in corpo, contenta di avere il pomeriggio tutto per me da dedicare a qualche bel libro.

Mi ronzava in testa il pensiero di Piero. Non lo avevo più incrociato, e la promessa degli auguri era rimasta in sospeso. Mi feci coraggio, e mi buttai.

'Però gli auguri mica sei passato a farmeli...' digitai, augurandomi che Piero non fosse tra le braccia della sua ragazza.

Mi irrigidii nell'attesa fino a che non rispose, un paio di minuti più tardi.

'Vero, mi sono dimenticato, devo farmi perdonare!'

'Se mi dimentichi così facilmente non c'è storia', scherzai.

'Va bene mi impegnerò di più allora! Buona Pasqua comunque.'

Mi mandò qualche faccina col bacio.

'Adesso decido se fare l'offesa o se ricambiare...' scrissi.

Gli mandai un angioletto. Lui mi rispose con un pulcino pasquale.

Attese qualche minuto, poi scrisse 'Adesso vado a farmi la doccia, ma aspetto i tuoi auguri, quando non sarai più incazzata con me... buona Pasqua!'

Fui trafitta dall'immagine di lui sotto la doccia, la pelle lucida di sapone. Ridacchiando, mi imposi di tenere a bada gli ormoni.

Feci deliberatamente passare qualche minuto, poi scrissi 'A Pasqua bisogna essere tutti più buoni, quindi ti faccio gli auguri... anche se...'

'Anche se...?' rispose lui, immediatamente. Doccia sto cavolo.

'Resta il fatto che devi farti perdonare.'

'Assolutamente.' Aggiunse qualche bacio.

Sorrisi tra me e me. Dopo qualche minuto, scrisse 'Dimmi come però.'

'No no, sarebbe troppo semplice, fai uno sforzo e trova tu il modo.'

'Ah... ok, ho già qualche idea', rispose.

'Interessante...'

Lui mi mandò una sfilza di faccine che ridevano.

Così poteva bastare, decisi.

Rimasi qualche minuto a rileggere la nostra conversazione. Mi sembrava pronto al gioco, ed ero propensa a credere che gli piacessi. *Che bello*, pensai. Era bello sentirsi vivi, era bello avere il cuore che batteva forte. Sarebbe stata una novità, per una volta, imbastire una storia che mi portasse più gioie che dolori.

Vabbè, lo avremmo visto col tempo. Per il momento, avrei atteso gli sviluppi.

Un *bip* mi distrasse, un WhatsApp stavolta. Ani mi scriveva in privato. 'Ape domani?'

'*Yes*, cara. Ma questo pomeriggio tu...?'

'Sì...' confessò.

Non avevamo bisogno di spiegazioni. Aveva visto Ciser. Sapevo che anche il Back Office aveva organizzato il suo pranzo pasquale. Si erano visti a conclusione di entrambi. Ani a tavola con noi era stata distratta, costantemente china sul telefono, un sorriso velato sulle labbra. Un po' una rottura di palle, a dirla tutta.

'Come va?'

'Bene... è tanto dolce.'

Faticavo a trovare calzante quella definizione, vista l'immagine di cazzaro che gli piaceva dare di sé.

'Sei felice?' chiesi.

Non volevo particolari che non si sentisse di raccontarmi.

'Sto tanto bene...'

Non volli aggiungere parole dopo la sua semplice ammissione. Le risposi con una sfilza di cuoricini. Ero felice per lei, anzi addirittura invidiavo la sua felicità, nonostante una sensazione che non sarebbe finita bene.

Certo che le nostre storie stavano procedendo a velocità vorticosamente diverse. Mi corressi: a voler essere precisi, di storia ce n'era solo una, per il momento.

'Lo dirai alle altre?' chiesi.

'Magari domani sera... Vorrei evitare di divulgare la cosa fino a che è così fresca, lui non vuole, dice che finiremmo per avere delle complicazioni se la direzione lo venisse a sapere, nuocerebbe alla carriera', disse, mentre lo scintillio della sua voce si appannava sulle ultime parole.

La carriera di chi, pensai.

Andammo in Caffetteria dove, dopo una certa ora, si ballava.

Avevo la testa piena di Piero, dei suoi occhi, della sua voce nasale, la sua andatura un po' rigida. Mi aveva preso nonostante non sapessi bene come. Solitamente ero conquistata da ragazzi molto carismatici, accentratori, che facevano ridere la compagnia. Lui mi attraeva in maniera più viscerale. Chissà se si rendeva conto di come appariva dal di fuori. Chissà se immaginava che i suoi silenzi, il modo in cui mi piantava gli occhi addosso ma restava ai margini della mia vita, senza decidersi a fare un passo, agivano su di me come una calamita. Lui era, in realtà, il mio chissà, il mio enorme punto di domanda.

Bevetti, risi e scherzai pregustando quello che sarebbe potuto succedere, un futuro ancora vergine senza bisogno di cancellature.

A un certo punto scorgemmo qualche collega ad un tavolo in fondo al locale, e ciò ci fece partire con i gossip aziendali. La novità più succulenta riguardava Elisa, una biondina simpatica e piccolina, fidanzata e convivente, che aveva inspiegabilmente perso la testa per un operatore che si ostinava a presentarsi ogni giorno in ufficio con la ventiquattr'ore, come se il nostro fosse un lavoro vero. Si diceva che non avessero ancora consumato (noi si sapeva sempre tutto, o almeno ne eravamo convinte), ma che lei fosse completamente partita. Inoltre, Valentina, altra collega, una bionda super divertente e super fuori di testa che sedeva abbastanza vicina a me e con cui chiacchieravo volentieri, in un impeto di follia successivo alla morte di sua madre aveva deciso di andare in Slovenia a rifarsi il seno.

Mentre parlavamo dell'ospedale di Ancarano e di quanti avessero ormai il dentista in Croazia, dove costava decisamente meno, Ani mi guardò negli occhi, quasi in attesa della mia approvazione, e timidamente disse alle ragazze: «Sì, anche io avrei una piccola novità.»

«Quando ero piccola mia mamma mi ha portato un paio di volte a Pola, per i denti del giudizio, ma poi una volta siamo rimaste bloccate per due ore nel traffico dei rientri dal mare e abbiamo lasciato perdere», andò avanti Cati, senza cogliere la frase di Ani.

Trascorremmo ancora qualche minuto spettegolando, poi ci riprovò: «Avrei una piccola confessione.»

In quell'attimo, i nostri amici raggiunsero il nostro tavolo.

«Ciao ragazze, tutto bene?»

«Da favola. Ti stai divertendo?» chiese Fede.

«Questo posto è troppo da fighetti, adesso andiamo a bere seriamente da qualche altra parte», ci rispose un collega dell'Amministrazione.

Sorridemmo tutte, e io guardai Ani. Lei si strinse nelle spalle. Lasciava perdere. Risi anche io. Si vede che non era la sera giusta.

MAGGIO

Piero non mi scriveva da un po'.

Vedevo la storia di Ani e Ciser decollare, mentre io rimanevo a terra. Era evidente che si stavano innamorando. Erano costantemente incollati al telefono a messaggiarsi, e li scorgevo spesso andare in saletta a prendere il caffè, prima lui, dopo qualche minuto lei. Per il momento, nessuno spettegolava della cosa. Raccoglievo le loro confidenze, felice della loro felicità, ma chiedendomi in che direzione stessero andando, invidiando la loro mancanza di paura al non averne una.

Ciser aveva iniziato a scrivermi in Skype, quasi ad ogni turno. Dopo qualche giorno, si era aggiunto anche il buongiorno con un vocale ogni mattina. Era allegro, quasi stridulo, e la sua energia mi spingeva ad accantonare lo scazzo per l'inconcludenza di Piero e provare ad esprimere un po' di entusiasmo. Lui aveva bisogno di disperdere un po' dell'euforia che lo pervadeva. Era chiassoso, soprattutto di prima mattina, ma mi riempiva piacevolmente di attenzioni, anche se, sospettavo, principalmente perché, essendo amica di Ani, attraverso di me si sentiva un po' più vicino a lei.

Era lui a farmi più confidenze, spesso sotto forma di

battute. Lei mi diceva che andava tutto bene, si vedeva che era appagata. La mia posizione, in mezzo a quei due, non mi piaceva particolarmente: volevo bene ad entrambi, ero contenta di essere loro amica, ma temevo che, in caso di crisi, sarei finita in mezzo. Mi preoccupava un eventuale litigio, o una rottura.

Dovevano essere cauti, però: nel nostro ambiente i pettegolezzi si diffondevano in un baleno, e ti si appiccicavano addosso. Io pensavo che, in fondo, Ani lo desiderasse; non poter vivere la loro storia alla luce del sole la turbava, anche se non lo dava a vedere. Io pensavo, con un pizzico di cattiveria, che la situazione concedeva molto campo libero a Ciser.

Nel mio caso, pensavo, con sconsolata ironia, che non avevo nulla da temere in questo senso. Piero e io in ufficio non ci sfioravamo neppure. Avrebbe avuto centinaia di occasioni per parlarmi di persona, o per scrivermi, ma non lo faceva.

Durante la giornata, mi capitavano spesso situazioni che avrei voluto condividere con lui, che mi avrebbero dato un'ottima scusa per scrivergli, ma pensavo che se non lo faceva lui, voleva dire che non dovevo farlo neanche io. Mi stava bene l'esortazione delle mie amiche ad espormi, ma ritenevo di poterlo fare solo davanti alla certezza che anche lui lo desiderasse.

Non lo capivo. Incrociavo il suo sguardo nei corridoi, e i nostri occhi si agganciavano, e nello stomaco mi si agitavano le farfalle. Che pensava, quando mi vedeva? Qualcosa palpitava dentro di lui? Non vedevo indifferenza nel suo sguardo, io ci vedevo un legame. Ma lui non parlava, se ne stava a distanza. Mi guardava e basta.

Mi confidavo con Ani. Il nostro rapporto era cambiato, si era inspessito. Una sorta di nuovo livello di confidenza si era instaurato tra di noi, per esserci trovate all'inizio di una nuova relazione nello stesso momento, anche se le nostre strade avevano imboccato direzioni diverse molto velocemente. Tanto velocemente lei galoppava lontano, tanto io soffrivo la mancanza di iniziativa di Piero, chiedendomi se non avessi ingigantito ogni sua attenzione, attribuendogli un significato che non aveva realmente.

«Ma scusa, ormai avete rotto il ghiaccio, proponigli tu di uscire!» mi rimproverava Ani. Ma non ce la facevo. Non avevo abbastanza fiducia in me per raccogliere il coraggio. E poi, perché diavolo non lo faceva lui? Non mi ero sottratta, non lo avevo arginato. Avevo accolto le sue attenzioni con gioia, doveva avere capito che mi facevano piacere. Eppure, eravamo rimasti impantanati. Il mio istinto mi suggeriva di non prendere iniziative, le mie amiche mi spronavano a fare qualcosa, e io, tormentata dalla mia insicurezza, pensavo che fossero nel torto, ma al tempo stesso dubitavo del mio giudizio.

Una mattina Lorenzo arrivò alla mia postazione, la solita aria ciondolante.

«Il tuo amico broker ha alcuni documenti da inviarci, ma ha proposto che venga qualcuno di noi a ritirarli, al posto del corriere, perché ha alcuni dubbi su un paio di clausole che vorrebbe chiarire.»

«Quello di Monfalcone?» chiesi, scollegandomi dal centralino.

«Sì. In realtà, ha chiesto proprio se potevi andare da lui. Gli piaci sul serio.»

Perfetto, pensai. Il proprietario dell'agenzia era un tipo pieno di sé, convinto signore del proprio micromondo soltanto perché al bar della stazione sapevano come preferiva il caffè. Avevo notato un certo interesse nei miei confronti, ma lo avevo trovato piuttosto fastidioso. Per un attimo mi chiesi se il mio giudizio non fosse influenzato da Piero: di solito, quando ero presa da un ragazzo, tutto il resto del mondo non mi sembrava all'altezza. Probabilmente avrei scartato anche Brad Pitt, ora come ora.

Ma se si trattava di un'altra trasferta, un'altra giornata lontana dalla cuffia e dalla monotonia del mio lavoro, ci sarei andata volentieri: guardavo con aspettativa ad ogni possibile scostamento dalla routine.

«Quando dovrei andare?» chiesi.

«Quando vuoi, anche domani.»

«Tutta la giornata?» Ci avrei impiegato un paio d'ore, e sarei sicuramente riuscita, al rientro, a farmi metà turno in cuffia, ma Lorenzo era sempre dalla parte della sua squadra.

«Sì, tutto il tempo che serve», mi disse, con un sorriso complice. In pratica, dopo la trasferta avrei potuto tranquillamente tornarmene a casa.

Un'idea mi germogliò in testa; ci pensai per tutto il turno, con il cuore che mi batteva forte nel petto, poi mi decisi e gli scrissi.

'Buongiorno! Domani altra trasferta monfalconese, mi lasci sola anche stavolta?' digitai, aggiungendo una faccina che strizzava d'occhio.

Rispose subito 'Mi sa di sì! Domani ho una bella riunione con la direzione.'

'Allora non so chi è messo peggio...'

‘Quindi vai tutta infighettata?’ chiese.

Arrossii davanti allo schermo.

‘Faremo del nostro meglio.’

‘Interessante.’

Mollai lì. Gli avevo mandato un segnale, fatto capire che c’ero. Ora dovevo sperare in una reazione.

Dopo qualche minuto, mi mandò un altro messaggio.

‘Perché non mi mandi una foto?’

All’inizio non capii. Una foto di cosa? Poi mi venne il dubbio che il soggetto che voleva vedere fossi io.

‘Dici che te la meriti?’ chiesi, restando sul vago, nel dubbio che avessi inteso male.

‘Sì.’

‘Accetterò a fronte di un aperitivo’, dichiarai.

‘Si può fare’, acconsentì lui.

Mi accesi tutta. Dove? In che giorno? A che ora?

Attesi, ma nulla. Non scrisse più. Mi resi conto che aveva lasciato che la sua fosse una battuta lanciata un po’ a caso, a cui non voleva dare concretezza. Pensai che se avessi insistito gli avrei dato l’idea di essere fin troppo disponibile, quindi lasciai andare anche io, fingendo una leggerezza che ero lontanissima dal provare. Ero delusa, quindi razionalizzai dicendomi che magari nei prossimi giorni mi avrebbe proposto un’uscita.

Chiamai Ani per la pausa caffè, e ci rifugiammo assieme nella saletta delle macchinette.

«Hai fatto bene, vediamo cosa fa.»

Sfilò il telefono dalla tasca dei jeans, diede una veloce occhiata allo schermo, trattenne un sorriso, digitò qualcosa e lo rimise via. Questo distrarsi mentre parlavamo stava diventando un'abitudine piuttosto fastidiosa, ma ingoiai un commento. Non volevo fare la pesante. Sapevo che era Ciser.

«Eh appunto... se si decide a fare qualcosa.»

«Che tipo», confermò lei.

«E il tuo spasimante?»

«Spasima», rispose lei ridendo. «È carino.»

La felicità era banale da raccontare. Meglio così, non volevo troppi particolari, le attenzioni che riceveva da Ciser avrebbero messo in luce ancora più violentemente la mancanza di interesse di Piero.

Ma ci dovevo provare, per esserne certa. Perché mi piaceva, e perché se suscitava un'emozione, ne valeva la pena.

Affrontai la mia trasferta monfalconese come se avessi la giornata libera. Volevo arrivare presto dal broker per liberarmi in fretta, e magari farmi un giro al centro commerciale di Ronchi, dove avevano delle marche che non trovavo a Trieste.

Massimo mi accolse con cerimonia. Da disinteressata, le sue attenzioni mi stavano rendendo insofferente.

Mi resi conto, iniziando la nostra chiacchierata, che aveva ancora parecchi dubbi sulle garanzie accessorie. Probabilmente era complicato gestire le offerte di più compagnie, e immaginai che si limitasse a proporre ai suoi clienti la polizza con il costo inferiore, o quella che lo faceva guadagnare di più. Per il ramo auto, ero convinta che le agenzie fossero in via di estinzione. Il contatto diretto con l'agente poteva essere utile nei casi più complessi, di assicurazioni sulla vita, o per il business, ma per quotare il premio su un automezzo era sufficiente buttare in un sistema i dati del libretto, e questo ti avrebbe risputato fuori la cifra esatta del premio.

In termini generali era deprimente pensare che il futuro riservasse a noi giovani una vita in un call center.

A dire il vero nella quotidianità mi divertivo molto: eravamo una compagnia spensierata, ancora non ingobbita dai fallimenti, con poco fardello sulle spalle, e i nostri drammi sentimentali occupavano la maggior parte dei nostri pensieri. Mi piaceva pensare di fare bene il mio lavoro, di metterci della professionalità, ma vedevo attorno a me dei colleghi che trattavano male i clienti, che non si curavano di fornire spiegazioni, che chiudevano in malo modo le telefonate e, grazie a questo, riuscivano a gestire più polizze e maturare più provvigioni di me.

Avevo avuto dei sogni, terminato il liceo, di diventare giornalista, ma la necessità di guadagnare mi aveva spinta ad accettare un primo lavoretto, quasi per caso, e in seguito al primo ne erano arrivati altri, fino a che non ero approdata alle assicurazioni. Il fatto di poter disporre di un po' di denaro tutto mio mi aveva narcotizzata, e avevo messo da parte le mie velleità pseudo-artistiche per una vita più comoda di quella che avevo condotto fino allora.

A volte mi sentivo una venduta, e mi giustificavo pensando che sarebbe stato più semplice anteporre i sogni alla praticità, se non avessi avuto alle spalle tante rinunce. Al momento andava bene così. Ero giovane, avevo ancora tante possibilità.

L'arrivo di un cliente di riguardo interruppe la nostra formazione. Mi presi un caffè dalla macchinetta e mi misi ad osservare Massimo. Non era male, in realtà. Forse un po' troppo convinto di sé, troppo esaltato dal ruolo. La sua energia positiva mi sembrava artificiosa e superficiale. Se mi fossi lasciata sedurre dalle sue moine, magari mi avrebbe trattata da principessa. E mi sarei sentita soffocare in quanto tempo... una settimana? Forse il mio quadro era proprio questo, di Piero mi stuzzicava il suo essere sfuggente, la sua non presenza. O magari non potevo accettare di rinunciare a qualcosa che volevo. La radice del mio problema con l'altro sesso era che sbagliavo sempre l'oggetto delle mie attenzioni? Restava il fatto che ero prigioniera di uno struggente desiderio, che tentavo costantemente di dissezionare con l'analisi, in un loop infinito di domande alla ricerca di risposte.

Ebbi una sensazione di sdoppiamento. Da un lato, osservavo dall'alto me stessa e l'intreccio di relazioni in cui mi muovevo. Dall'altro, l'emotività mi trascinava giù, in un garbuglio di sensazioni, di batticuori e di speranze, cieche di fronte all'ovvio.

La velocità con cui procedeva la storia di Ani e Ciser faceva da contrappunto alla stagnazione in cui ero impantanata. Pensavo che valesse la pena lottare, il difficile era determinare in che misura, il momento in cui era giusto mollare.

Lasciai l'agenzia a metà mattina, e mi fiondai a fare shopping. Volevo un nuovo paio di jeans, belli aderenti. Svagata, passai il resto della giornata in giro, in solitaria beatitudine, fino a rientrare a casa la sera, fiera dei miei sacchettini pieni di belle cose, stanca ed euforica.

Cenai velocemente con uno spezzatino precotto e stavo risistemando la cucina quando il bip di un messaggio richiamò la mia attenzione.

'Com'è andata oggi?' Era Piero. Sorrisi, felice.

'Direi tutto bene. Un'intera giornata fuori dall'ufficio, una pacchia!'

'Pensa che ci sarei dovuto andare io... dovrai ricompensarmi in qualche modo.'

Certo, bello stronzo. Prima mi mandava a fare la formazione da sola, poi ci scherzava sopra... però mi stuzzicava...

'Che ricompensa vorresti?' gli domandai.

'Una foto di te sul divano.'

Ancora, pensai. Allora era davvero in fissa con questa cosa. E il mio aperitivo?

'Diciamo che non sono fotogenica.'

Allungai il collo e mi diedi un'occhiata allo specchio. Mollettone nei capelli, tuta in pile... ah ecco, anche un baffo di sugo, che leccai via velocemente.

'Ma smettila...' rispose.

'Del resto, se è sufficiente una foto...'

'Sufficiente per?'

'Per...'

'Per.'

'Mmmmh...' scrissi, in preda al vuoto totale. Come caspita si faceva a flirtare in maniera seducente per messaggio? Magari dovevo essere più maliziosa? Che sfigata, mi rimproverai.

'Sei una monella', mi scrisse, con tante faccine che ridevano.

Mi piaceva tanto come suonava, detto da lui.

'Mi sa che mi ci vuole un libretto di istruzioni...' gli scrissi.

'Per?' chiese.

Azz...

'Per trovare la porta.'

'Quale porta?' chiese.

'Magari il libretto delle istruzioni serve a te...'

'Dici?'

'Non saprei... al momento non ho evidenze...'

Mi rispose con una sfilza di faccine che ridevano.

Mi sa che hai bisogno di una raddrizzata, bello mio, pensai, con il cuore che mi batteva forte.

Attesi ancora qualche minuto, ma aveva smesso di scrivere. Mi aprii una birra, sentendomi felice. Dopo un attimo, Ani mi chiamò.

«Allora, come è andata la giornata pseudo-libera?» chiese.

«Sono una monella», gli risposi.

«Eh?» chiese, perplessa.

«Piero mi ha appena detto che sono una monella.»

Scoppiò a ridere. «Bellissimo! Racconta!»

Gli riassunsi per sommi capi lo scambio di messaggi.

«Ma vedi che la situazione finalmente si sta evolvendo?? Bene bene!»

«Boh... vediamo... non è che sia stato granché deciso fino ad ora, non so cosa pensare. Insomma, se voleva farsi avanti non gli ho di certo sbarrato la strada... ma non mi pare si sia messo d'impegno.»

«Magari non ha capito», obiettò lei, che interpretava il mondo come il riflesso che la propria positività proiettava. «In fin dei conti non è che sei stata esplicita.»

«Beh dai nemmeno scontrosa... potrebbe sbilanciarsi con un'uscita!»

«Nina, smettila!», mi rimproverò decisa Ani. «Avete appena chattato, adesso vedi cosa succede... stai pronta a cogliere ogni occasione e lasciarti andare!»

«Sì, hai ragione... adesso vediamo cosa succede.»

Chiusi la telefonata, accorgendomi solo dopo che non le avevo neppure domandato come stava, e come se la fosse passata quel giorno.

Lei era positiva, ma io di pancia avevo paura. Un ragazzo preso mi avrebbe tampinata, ogni giorno. Nel suo caso le cose non stavano così. Però, ero felice per la chat di quella sera. Andai a letto stanca, ma per lunghe ore non riuscii a prendere sonno, il cuore gonfio di emozione.

Non riuscii a vedere Piero nemmeno per un attimo, il giorno dopo. Lorenzo, non appena il turno entrò in servizio, ci trascinò in sala riunioni per aggiornarci su alcuni truffatori che si spacciavano per broker: usavano il nostro sito per creare dei falsi preventivi, ritoccavano il premio e stampavano tagliandini fasulli, mandando sulla strada gli ignari clienti sprovvisti di assicurazione, sebbene certi di avere copertura da parte di una delle maggiori compagnie del mondo. Alla fine dell'incontro, si trattenne con me per sapere come stava andando l'agenzia di Monfalcone, e mi disse che l'agente si era espresso su di me con Salva in termini positivi. Mi prospettò l'idea di assumere ancora un paio di incarichi del genere, in maniera da imparare bene a gestire formazione e obiezioni, se mi interessava un eventuale sviluppo futuro in quel senso. Chiaramente, la cosa avrebbe comportato girare spesso, magari anche in tutta Italia. L'idea di allontanarmi dalla cuffia sembrava paradisiaca: avevo voglia di dimostrare quanto potessi valere. Spostarmi lontano, da sola, invece mi incuteva un po' di timore, ma volevo provare a superare la paura. Gli risposi entusiasta. Nonostante ci pizzicassimo spesso, Lorenzo era una brava persona, e ci volevamo bene. Se avesse potuto, mi avrebbe dato una spinta.

Tornai in cuffia solo a metà turno, quando l'orario di pausa era già passato, quindi optai per un caffè solitario.

Avevo continuato a guardare il cellulare per tutto il giorno, ma Piero era rimasto ostinatamente muto. Dovevo lanciargli un segnale? Ani continuava a sostenere che potevo anche provare a buttarmi, ma io continuavo ad essere dubbiosa. Un sentimento di pancia mi diceva di defilarmi, di lasciare che fosse lui a muoversi, se lo voleva. Perché non mi aveva dato certezza del suo interesse.

Mentre stavo per staccare, d'impulso gli scrissi; dopo ore di riflessioni saggie, come al solito buttai tutto nel cesso assecondando il desiderio di un istante.

'Certo che... dopo una giornata in cui hai assaggiato la libertà, tornare in cuffia sa proprio di galera.'

Silenzio. Non rispose. Attesi invano guardando lo schermo del telefono, ma niente. Mentre mi scollegavo dal centralino, infilai il telefono nella borsa, abbacchiata, occhi bassi, per evitare di incrociare i suoi, siccome mi sentivo sconfitta. Dopo l'euforia della sera prima, maledissi la mia scelta di scrivergli. La cosa peggiore era che lo avevo fatto seguendo il parere di un'altra persona, ancora una volta fidandomi più del giudizio altrui che non del mio istinto.

Quell'approccio troncato così mi mise addosso un malumore immenso, esacerbato dal fatto che il giorno dopo avevo preso l'impegno di portare mia madre all'Ikea per vedere una scarpiera, mia madre che non aveva la patente, a cui non interessava la patente, che se l'era sempre cavata bene, lei, senza la patente, ma che finiva regolarmente con appoggiarsi a me per ogni commissione, imponendomi levatacce assurde il sabato mattina, o attese infinite in seconda fila mentre lei sbrigava le proprie faccende in uno dei tanti negozi di Trieste di fronte a cui parcheggiare era impossibile.

Fu solo la sera, dopo cena, mentre meditavo se scendere sul lungomare per raggiungere qualche ex compagno di università per una bevuta al chiaro di luna, che ricevetti la sua risposta.

'Ciao Nina, scusa, sono stato preso tutto il giorno, rientro in cuffia scioccante?'

Provai immediato sollievo. Non era sparito, aveva solo, comprensibilmente, avuto una giornata pesante. Il sollievo venne immediatamente sostituito dalla rabbia nei confronti di me stessa. Ma ero così immatura da dipendere in questo modo dalle attenzioni di un signor nessuno?

Posai il telefono, decisa ad ignorarlo elegantemente, magari fino a domani.

Resistetti un minuto scarso, poi digitai: 'Ormai sono anestetizzata, che è forse peggio.'

'Allora ti ci vuole un bel fine settimana di relax', buttò lì.

Scacciai l'idea molesta della gita con mia madre.

'Già... sole, mare, amici.'

'Non manca qualcosa?' chiese.

Ci pensai su, poi scrissi: 'Tu che proporresti?'

'Io andrei di sesso e alcol.'

Mi bloccai, sorpresa; era la prima volta che adottava questo registro. Ma avevo come la sensazione che fossimo finalmente arrivati al punto attorno a cui avevamo girato, fino a quel momento.

'Dici?' domandai, un po' stupidamente, per fargli dire di più.

'Non è la maniera migliore per rilassarsi?'

'Certo, se la controparte è competente.' Volevo che la conversazione diventasse più personale, che parlasse di lui e me.

'Servono sia la competenza che gli strumenti.'

'E la fantasia', aggiunsi.

'No, non si può solo immaginare, serve vedere.'

'Che vorresti vedere?' Allora diceva sul serio, con la storia della foto. Mi tremavano le mani, mentre digitavo, il cuore che pareva bruciare.

'Scegli tu.'

E adesso? Mi venne da ridere. Un risolino isterico, emozionato. Un po' da sfigata, a dire il vero. Stavo sul serio per mandare una mia foto ad un quasi sconosciuto on line? E se fosse girata in Area Vendite? Mi serviva uno scatto da cui non mi si potesse riconoscere. Ma quale? Non ero particolarmente orgogliosa del mio corpo. Pensavo che il suo miglior pregio fosse essere proporzionato, con una figura armoniosa, ma non c'era un dettaglio che mi sentissi fiera di esibire. Beh, rispetto a tante mie amiche, ero convinta di avere dei bei piedi, ma al momento la cosa non mi aiutava. Non me la sentivo di espormi con nulla di lascivo. Lui che si aspettava da me? Mentre meditavo, arrivò un altro messaggio.

'Vedere', mi sollecitava.

Cazzo, cazzo, cazzo.

Provai a scattare un paio di foto alle mie gambe: posa innaturale, muscoli tesi per nascondere i difetti, luce tattica. Gli mandai una foto delle mie cosce, la mano pudicamente posata in mezzo, con la speranza che suggerisse una certa malizia.

Attesi, praticamente senza respirare, la sua risposta.

'Vai più su', ordinò.

Mi venne da ridere. Insomma, voleva che gli mandassi la foto della patata?

'Niente da fare, tocca a te', digitai.

Dopo un momento, arrivò un'immagine. La scaricai con il cuore in gola. A torso nudo, davanti allo specchio, esibiva un addominale asciutto, atletico ma non esasperato, dove la muscolatura del basso ventre si tuffava in una V sotto l'elastico dei boxer. La mia salivazione cessò di funzionare. Era uno schianto.

'Chissà che sguardi roventi in spiaggia', gli scrissi.

'Sì, però adesso vai avanti tu.'

'Sì?' Scherzai, aggiungendo le faccine che ridevano. Bella arroganza.

'Ne ho una bella in serbo per te, ma prima tu', mi stuzzicò.

'Più bella di quella che mi hai mandato?' lo provocai.

'Bella grossa.'

Era forse un'allusione alla sua dotazione? Cioè, davvero voleva mandarmi una foto del suo... gioiello? Ma veramente la gente faceva così? Ero forse Alice nel paese delle meraviglie, totalmente ignara dell'esistenza di una dimensione della realtà che pensavo esistesse solo nei film? Lui mi sembrava piuttosto sciolto invece. Scansai il pensiero che probabilmente l'aveva già fatto, magari con più di una ragazza.

E che gli mandavo? Cercai di pensare in fretta a cosa fare, poi mi misi in posa e cercai di fotografarmi il decolleté lasciando scivolare l'inquadratura verso il basso, ma senza svelare nulla.

'Ma non si vede niente!' protestò, infatti, dopo un secondo.

'Fattelo bastare' gli intimai. Le mie foto avevano acceso la sua eccitazione? Il pensiero era afrodisiaco.

'Allora basta foto, non ti sei meritata altro.'

Cercai di riflettere con lucidità. Non volevo interrompere la chat, ma non mi sentivo di mandargli una foto più esplicita. Non ero abbastanza confidente con il mio corpo, e non ero pronta a svelarmi ad una persona che di fatto non conoscevo. Inoltre, esisteva la possibilità che la fidanzata gli pizzicasse il telefono. O che lui se ne vantasse con qualche amico. L'ipotesi mi sembrava remota, visto il suo carattere poco socievole, ma forse questa convinzione era figlia della mia ingenuità.

Non gli avrei mandato di più, ma avrei voluto trattenerlo.

'Troverò consolazione in altro', scrissi, per vedere se riuscivo a stimolare la sua gelosia.

Ovviamente, nessuna reazione. 'Buonanotte, monella.'

Ma come, mi mollava così? Ci rimasi male, ma decisi di fingere di non dargli peso.

'Sogni d'oro', scrissi.

Mi mandò due faccine col bacio, poi più nulla.

Il mattino dopo la nostra chat, mi crogiolavo nella beatitudine. Era stato un veloce affaccio su un mondo che non avevo mai sperimentato, e mi ero divertita. Certo, non era il modo in cui avevo immaginato l'evoluzione della nostra relazione, ma era un passo in una direzione, finalmente, e per il momento mi sentivo appagata. Per la prima volta, ero certa di piacergli. Non era un dramma se era solo attrazione fisica. Ero adulta, anche se non mi ci sentivo, e potevo accettare di affrontare una relazione che non fosse la favola del principe azzurro. Dovevo rilassarmi, e godermi quello che arrivava. Non sapevo se il mio carattere me l'avrebbe consentito. Ero abbastanza lucida per temere che presto, a causa della mia maledetta insicurezza, avrei avuto bisogno di maggiori conferme, ma volevo tentare di godermi il momento per quello che era, cercando di appropriarmi di quel sentimento di leggerezza che vedevo negli altri.

Andando a lavorare, spedii subito un vocale ad Ani con il resoconto della serata.

'Wow, questa si che è una svolta!' registrò subito. Il bello di lei era che, quando gli raccontavi qualcosa che ti aveva reso felice, potevi percepire la sua gioia autentica.

'Speriamo che poi non abbia un altro dei suoi twist psicopatici e oggi non mi rivolga di nuovo la parola!' esclamai.

'Ma no, impossibile, dai!'

Signore e signori, ovviamente fu così.

Piero sparì per quasi una settimana.

Mi salutava a stento, quando ci incrociavamo nei corridoi o in Area Vendite. Non si fermava più a scambiare due parole, non mi scriveva.

Il primo giorno fui sportiva. Decisi di non cercarlo, per non mostrarmi troppo disperatamente dipendente dalle sue attenzioni, e, nonostante continuassi a spiare il telefono nella speranza di un messaggio, l'umore rimase alto.

Il secondo giorno iniziò a montare l'ansia. Un buongiorno, due parole, niente di niente? Ma tenni duro. Lavoravamo assieme, di sicuro prima o poi il caso ci avrebbe avvicinato.

Al terzo giorno di silenzio iniziai a lagnarmi con Ani.

Continuavo a chiedermi se avevo sbagliato qualcosa. La nostra chat, in cui mi ero divertita, forse per lui era stata poco soddisfacente. Avevo bisogno di una spiegazione, ma ottenerla da lui era impensabile. Chiedere a un ragazzo che ti ha solleticato con qualche messaggio perché avesse smesso improvvisamente mi avrebbe fatto fare la figura della sfigata galattica. Quale molto probabilmente ero. Ma non mi davo pace.

Dio, nella sua infinita perfidia, mi aveva posto accanto una garrula coppia di innamorati novelli il cui confronto rendeva patetici in miei progressi, ma nel contempo li aveva resi sufficientemente gioiosi ed euforici per trovare la pazienza di sopportare le mie seghe mentali.

Ciser era rinato. Si era messo in testa di rimettersi in forma: tipo bollettino di guerra, ad ogni sorgere del sole, partiva per la sua corsetta mattutina, che celebrava con eroici post su Facebook in cui condivideva percorso e tempi. Solitamente, mentre si metteva in macchina per raggiungere l'ufficio mi lanciava il suo messaggio del buongiorno. Era carino che si ricordasse di me. Lo apprezzavo più di quanto gli dicessi.

In ogni caso i suoi inni alla gioia, che si manifestavano con post che glorificavano la voglia di vivere, la libertà, la leggerezza, mi sembravano eccessivi. Tenevo la mia negatività per me, nel sospetto che fosse gravida di invidia. Al tempo stesso, il suo entusiasmo mi investiva come una scarica elettrica, e di fronte al suo disarmante buonumore non riuscivo a coltivare la mia malinconia. Temevo che, in un certo senso, la parte della sedotta e abbandonata mi calzasse. Iniziavo a chiedermi se non fosse una parte che inconsciamente cercavo. Non sapevo bene che ragioni sottostessero al mio malumore, ma di certo soffrivo. E il fatto di non avere una ragione valida per farlo era deprimente.

Il fatto che mi sentissi scartata, messa da parte, se tra me e Piero non c'era stato niente era ingiustificabile. Cercavo di spiegarmi ad Ani, che pazientemente ascoltava. Piero era un piccolo granello di polvere, che però aveva mandato in tilt l'intero sistema. E il mio malessere mi imbarazzava, perché io stessa non lo giustificavo fino in fondo. Salvo sguazzarci dentro, come un roseo maialino nella sua pozzanghera.

E mi ostinavo a cercare giustificazioni dietro al suo comportamento, per poi finire sempre col dirmi che era semplicemente strano. Gli avevo detto qualcosa che non avrei dovuto? Si era aspettato maggior disinvoltura? Beh, io non avevo esperienza di certe cose, inutile girarci intorno. Potevamo imparare assieme. Se lo avesse voluto.

Le mie costanti elucubrazioni mentali mi sfiancavano, eppure non riuscivo a smettere di tormentarmi. Ero in collera con me stessa, perché consentivo ad un problema così marginale di avvelenare la mia vita quasi perfetta. Mi confidavo con Ani, Ciser faceva ogni sforzo per tenermi su, ridevo con le Ganze, uscivo e bevevo, ma avevo l'impressione di muovermi sott'acqua, in costante mancanza di ossigeno.

Scorgevo Piero da lontano, mi guardava, i suoi occhi si piantavano nei miei e non diceva nulla, e sentivo la mia pancia che si aggrovigliava, il mio cuore che perdeva un battito, e aspettavo che il mio telefono mi segnalasse l'arrivo di un messaggio ma nulla, tutto taceva, e aspettavo, e aspettavo, e passavo le giornate ad aspettare, e intanto raccoglievo i suoi sguardi, e mi chiedevo cosa pensasse di me: gli ero diventata indifferente? Ero tornata ad essere una persona in bianco e nero, una delle tante colleghe che sfiorava ogni giorno, con cui condivideva meramente il posto di lavoro?

Avrebbe avuto mille occasioni per scrivermi, in ogni momento, per parlarmi, per lanciarmi una battuta, ma nulla. Era evidente che non fossi più nei suoi pensieri. I giorni di silenzio diventarono settimane.

Di fronte a quel muro, continuavo a lacerarmi, senza riuscire ad andare avanti.

Ogni volta che la mente si perdeva nelle spire del pensiero, davanti a me si stagliava la sua faccia, e io lottavo per farla dissolvere. Era una lotta continua.

Una esigente forma di orgoglio mi spronava.

Decisi che era il momento di cambiare rotta. Scandagliai il mio guardaroba e selezionai i miei capi più casual o seriosi che, per un po', sarebbero finiti in panchina.

Per un breve attimo, Piero mi aveva fatta sentire desiderabile. Volevo esserlo ancora, se non con lui, con qualcun altro. Ma volevo anche provocarlo. Sei proprio sicuro che vale la pena perdermi, era il messaggio. Scelsi con cura i pezzi più sbarazzini e provocanti che avevo e scartai quelli che non mi convincevano improvvisamente più, agli occhi della nuova persona che volevo apparire. Recuperai una vecchia spazzola che tenevo in fondo al mobiletto del bagno e dichiarai guerra al crespo.

Mi concessi un giro da Sephora, per vedere se trovavo qualcosa che mi permettesse di raffinare la mia immagine. Affrontai la spedizione con una certa serietà, dopo essermi documentata approfonditamente attraverso ore di tutorial sull'account di ClioMakeUp.

Venni accolta da un commesso sui quaranta, baffetti alla Dalì, trucco alla Moira Orfei. Mentre osservavo affascinata le sue sopracciglia accuratamente depilate e ritoccate con la matita, gli elencai i prodotti che volevo provare. Mi identificò subito con la polla che ero, e si lanciò in una accurata descrizione di utilizzo e benefici dell'illuminante. «Ricordati», mi disse, sventolandomi l'indice sotto il naso, con aria di stare condividendo con me una delle verità fondamentali dell'esistenza, «la gente non deve accorgersi che lo indossi, ma di quanto sei radiosa.»

Fu talmente coinvolgente che finii col comprare un mascara a base di aereo-particelle, che mi faceva ridere solo a pensarci, sputtanandomi il budget sfizi del mese.

Costruii la mia armatura, che più che prepararmi per la guerra, era il mio vano tentativo di difendermi dalle stoccate peggiori.

E con quella corazza, tentai di affrontare la realtà.

Nel lasciare l'ufficio, un pomeriggio, decisi di bighellonare un'oretta sul lungomare prima di rinchiudermi in casa, per trovare l'umore adatto per presentarmi all'aperitivo con le Ganze e qualche altro collega quella sera. Volevo lavarmi di dosso lo scazzo, facendo due passi in riva al mare.

Barcola era già occupata dagli irriducibili della tintarella, che come da copione colonizzavano tutta la passeggiata secondo precise regole non scritte: c'erano l'area dedicata agli studenti universitari che si sentivano un po' fighetti, il bivio, zona mia, la pineta, saldamente in mano a nonni e giovani mamme con pupi sotto il metro, le orde di adolescenti che impestavano i Topolini, la comunità slava al Cedas, ma siccome non avevo tempo per un bagno in piena regola, lasciai la macchina al primo parcheggio disponibile per fare due passi.

La camminata era piuttosto ingombra di asciugamani e borse da mare, quindi dopo pochi metri mi appollaiai sullo sgabello di uno dei baracchini che aprivano per il periodo estivo e ordinai il mio capo in b, godendomi il mare, il profumo di crema solare e gli schiamazzi disordinati dei bagnanti.

Proprio mentre ero china nella borsa alla ricerca del portamonete per pagare il caffè, il mio telefono vibrò.

'Pronta per il bagnetto?' scriveva Piero.

Non me lo aspettavo. Sorrisi senza nemmeno accorgermene, pur senza capire che intendesse.

'Mi sto godendo un caffè', risposi, incerta.

'Ti ho vista passando in macchina.'

Lo immaginai mentre guidava, braccio posato sul finestrino, sigaretta tra le dita, occhi nascosti dietro agli occhiali da sole, colpito dall'immagine di me che scrutavo l'orizzonte con aria pensosa e profonda, i capelli smossi pigramente dalla brezza.

Certo che ti potevi pure fermare, pensai.

'Niente bagno, solo un caffè', scrissi.

Mi raccomandai mentalmente di apparire noncurante, come da buoni propositi, quando lui affondò il colpo.

'Quindi non ti spogli?'

Azz...

'Oggi no.'

'Peccato.'

Pensai velocemente a qualcosa di intrigante da dire, ma il cervello mi cigolava ingrippato.

'Non è uno spettacolo che concedo a molti.' Il proposito di fare la sostenuta era durato quanto un gatto in tangenziale.

'Ma a qualcuno sì.'

'A qualcuno...' scrissi.

'E a quel qualcuno cosa concedi?'

'Quello che si merita.' Oddio, erano le cose giuste da dire? Mi sentii tonta come non mai. D'altronde, che avesse fatto lo stronzo era innegabile.

Attesi qualche lungo minuto prima che rispondesse; stava guidando? O magari era già rientrato a casa, dalla fidanzata?

Poi scrisse: 'Cosa bisogna fare per meritarsi lo spettacolo?'

'Pagare il biglietto', digitai, di botto. Poi pensai cosa caspita volesse dire. Non ne avevo idea nemmeno io. Mi venne da ridere, pensando che sembrava che volessi essere pagata. Nina la battona. Ci mancava che quello.

'Il biglietto va pagato in natura?' chiese.

'Inizia col pagare, poi vedo se è sufficiente.'

Mi arrivò una foto. Inspirai a fondo, poi cliccai per aprire.

Di nuovo, il suo viso non si vedeva. Si era ripreso dall'alto, dal petto in giù, sotto la doccia, la pelle bagnata che luccicava. Nudo. Era glabro, ad eccezione della massa nera riccioluta dei peli del pube. A causa della prospettiva, lì in mezzo intravedevo qualcosa, ma l'immagine sfocata consentiva di ipotizzare, più che vedere.

Ingrandii la foto, socchiusi gli occhi per distinguere i dettagli, il naso praticamente incollato al display, poi mi resi improvvisamente conto che ero in un luogo pubblico, tra la gente. Sentii il calore arrivarmi in faccia di botto, e arrossii con violenza. Alzai la testa, come se fossi stata sott'acqua i rumori, i suoni e la sensazione di non essere sola mi ripiombarono addosso. Era come se la realtà fosse passata da pausa a play.

Pensai vagamente che doveva avere una scorta di foto di se stesso nudo. Trasmetteva la fastidiosa idea che facesse certe cose con assiduità.

Dovevo mandargli qualcosa di seriamente piccante anche io, dunque. Certo, avrei preferito costruire un rapporto mattoncino dopo mattoncino, fatto di confidenze, qualche risata, conoscendoci pian piano, ma se preferiva giocare, ero in grado di farlo anche io?

Pensai in fretta a cosa dirgli.

'Magari qualcosa te lo sei meritato', scrissi.

'Allora aspetto.'

'Tu aspetta', lo stuzzicai.

'Aspetto.'

Rimasi a fissare lo schermo. Meglio farsi desiderare un pochino? Decisi di non rispondere più.

Mi sentivo fatta di panna montata. L'emozione pareva incontenibile. Era stato divertente, era una cosa che non avevo mai fatto prima, mi pareva che per la prima volta lui si fosse esposto. Rimasi con gli occhi incollati allo schermo, un po' per vedere se avesse aggiunto altro, un po' per assaporare il nostro dialogo, fatto di frasi che restavano in superficie. Voleva giocare così? Bene, avrei cercato di stare al gioco. In più, per la prima volta, con quel 'aspetto', mi pareva di avere il controllo della prossima mossa.

Ebbi un'idea.

Corsi a casa, mi infilai in bagno e accesi l'acqua bollente della vasca, chiudendo porta e finestra. Attesi fino a quando non si fu formata una nebbia densa, fatta di vapore. Poi mi tolsi maglietta e reggiseno, e con il cuore che batteva a mille mi fotografai allo specchio, avendo cura di tagliare la faccia.

Il risultato era decente. Inarcando la schiena e trattenendo il respiro, avevo fatto in modo che non si notasse la pancetta. I jeans accuratamente sistemati ad altezza tattica suggerivano una vita sottile e tonica. Il vapore creava un effetto sfocato che nascondeva i dettagli. Premetti il tasto invio con gli occhi chiusi, le mani che tremavano.

Bloccai lo schermo, spalancai la finestra per disperdere il vapore e andai in salotto, lasciando il telefono in bagno, per non impazzire fissando lo schermo in attesa di una sua risposta. Mi imposi cinque minuti di pazienza, dopo due tornai a recuperarlo.

'Sei bella', aveva scritto. Quelle due parole mi parvero una poesia.

GIUGNO

La mia foto spezzò il sigillo e, finalmente, iniziò. Una specie di storia, una fantasia a due, un rapporto strano, caldo nelle emozioni quanto era distante, quasi impersonale. Non era certo ciò che avrei desiderato, ma me lo feci bastare, pensando che da quel punto di partenza lo avrei cambiato, legandolo a me. Per tutto quello che ancora mi mancava, l'interesse vero, l'attenzione, una forma di affetto, serpeggiava sempre sotterraneo il sospetto che tutto sommato la mia colpa era non essere abbastanza, quindi mi sforzavo in tutto, look studiati con mille cambi, trucco curatissimo, ore di phon, una fatica bestia.

Il treno, cigolando incerto sui binari dunque lasciò la stazione, secondo i suoi ritmi, succube dei suoi desideri, rispettando le sue regole, che supinamente accettai. Ero felicemente insoddisfatta. Non seguiva alcuno schema: a volte si faceva sentire la sera tardi, altre all'alba, certi giorni il telefono rimaneva ostinatamente muto. Sapevo che prendere l'iniziativa era uno sbaglio: se era in giornata, un mio cenno innescava il nostro amore digitale, se ero sfortunata rimediavo una risposta fredda, che mi seppelliva nel malumore. Questa quantità di me lo soddisfaceva, supponevo, dato che non cercava nulla di più, mentre io avevo dentro il languore di un desiderio che non si appagava mai. Foto, parole, suggestioni, ma il mio tatto percepiva il vuoto, il mio olfatto avrebbe voluto sentire il suo odore, il suo sapore. Lui voleva vedere, mentre io ricamavo sulle sue parole: mi chiedeva fotografie, video, ed era una gran fatica escogitare pose nuove, cercando di non scadere nella volgarità più becera, mentre io mi gustavo le nostre schermaglie, le suggestioni che riusciva ad evocare, ed era così bravo che a volte avevo l'impressione di avere la sua carne tra le mani. Mi aprivo ad un ologramma, che nella mia vita quotidiana non esisteva, eppure costituiva un centro di gravità che mi calamitava con la suggestione di un sogno. Mi adeguai, in felice attesa di uno sblocco che sarebbe arrivato solo con la mia pazienza.

Razionalizzando, mi sforzavo di analizzare i nostri punti di vista, sicuramente diversi. Lui era impegnato, io single. Io sognavo il grande amore, la storia da film, l'uomo pronto ad affrontare il drago per me, lui probabilmente cercava un po' di svago, allora imitavo la disinvoltura che vedevo in alcune ragazze attorno a me, fingevo di non provare alcun tipo di sentimento e mi godevo le briciole che Piero mi concedeva. Mi chiedevo se questa avventura mi stesse facendo maturare, inducendomi la scorza e trasformandomi in una donna più navigata, o se nella mia ingenuità stava la mia purezza, un nocciolo delicato di cui valeva la pena prendersi cura, nonostante il rischio di una maggior sofferenza.

La pancia di Fede iniziava a far capolino. Credevo che dipendesse dal fatto che, semplicemente, avesse smesso di tirarla dentro come facevamo tutte noi quando era necessario. Lei però, fiera, si inarcava per far sporgere quella curva appena accennata. Avevo l'impressione che tutta quella felicità poggiasse su fondamenta fragili. Quando non controllava le proprie espressioni, sul viso di Fede affiorava la tensione, ma sapevo quanto fosse orgogliosa e mi chiedevo se spingerla ad aprirsi le avrebbe fatto bene oppure avrebbe semplicemente crepato una diga che in quel momento la aiutava ad affrontare la situazione. Ani pensava che il suo orgoglio le avrebbe dato forza, quindi decisi che per il momento avrei continuato a fingere di credere alla sua commedia, sperando che il tempo la aiutasse.

Nel frattempo, c'era Cati da consolare. L'idillio con il fedifrago, come era prevedibile, era durato il tempo di qualche notte bollente. Cati si era imbestialita quando, dopo avere concordato di vedersi, aveva passato un'intera serata ad attenderlo senza che lui si facesse vivo, salvo poi scoprire il giorno dopo che era rimasto incastrato in una cena di anniversario con la fidanzata. Soffriva per i limiti che lui le imponeva. Si incontravano a casa di lui, erano bandite cene, weekend, ogni tipo di uscita che rischiasse di fargli incrociare qualche conoscente. Concesso un caffettino al bar, di tanto in tanto, dove finivano per lagnarsi uno dell'altro. Il precoce tramonto era stata una conclusione piuttosto prevedibile.

Ani la ascoltava sfogarsi, e io vedevo le nuvole attraversare il suo viso. Ciser continuava ad insistere che la loro relazione rimanesse segreta, e francamente ognuno di noi se ne chiedeva il reale motivo. Per entrambi era qualcosa di più importante che un fugace flirt, l'azienda l'avrebbe digerito. Per contro, non si poteva dire che non le desse attenzione. Piuttosto il contrario. Ani si lamentò che lui tendeva ad offendersi, se lei non rispondeva prontamente ai suoi messaggi, o quando sceglieva di dedicare il suo tempo anche ad altre cose. La stritolava d'amore.

Una mattina in Area Vendite, incappai in un cliente che aveva fatto variazione di autovettura in corso di anno e allo scadere si era ritrovato un premio praticamente raddoppiato; il mio capo era rimasto volutamente cieco ai miei segnali di fumo, mentre se la rideva con Tavo, davanti al suo pc. Misi in attesa il cliente e andai alla sua postazione.

«Vi ammazzate di fatica, vedo», esordii.

«Abbiamo beccato user e password della gmail di Davide», mi informò Lorenzo, sghignazzando, riferendosi ad un altro coordinatore suo collega di Area Vendite.

Diedi un occhio allo schermo. Stavano preparando una mail di dimissioni usando il suo account.

Alzai gli occhi al cielo.

«Maturi, responsabili, siete dei veri professionisti.»

Inorgogliti dai miei complimenti, i geni del crimine si lanciarono un'occhiata di intesa.

«Stante quanto sopra», concluse di dettare Tavo «vi saluto caramente e altrettanto caramente vi mando affanculo.»

Lorenzo digitò con l'entusiasmo di un bambino.

«Non vorrete inviarla sul serio? Non credo che Salva abbia tutto questo senso dell'umorismo.»

«La inviamo a un indirizzo sbagliato di una sola lettera, in modo che Davide se la trovi sulla posta inviata ma senza accorgersi subito che non è stata recapitata», rispose Tavo, con una strizzata d'occhio.

«Notevole» commentai. «E quanto tempo avete perso a progettare questo colpaccio?»

«Andata!» disse Lorenzo «E adesso a chi mandiamo la seconda?»

Lui e Tavo si guardarono negli occhi, due gatti con il topolino tra i denti.

«Mandiamo una proposta erotica a qualche cesso.»

«Io avrei un cliente in linea», provai ad inserirmi, consapevole della piccineria del mio problema di fronte a tali interessanti occupazioni.

«A chi la mandiamo?»

Lorenzo scoppiò a ridere. «Mandiamola alla zoccola!»

«Chi è la zoccola?» volli sapere, immediatamente interessata.

«Una che si dice abbia fatto faville alla cena di Natale dell'anno scorso. Beh, se non altro nel parcheggio.»

«No, io sapevo che erano i bagni», obiettò Tavo.

«Lorenzo. mi autorizzi lo sconto su un rinnovo? Il tipo è passato da dodici a diciotto cavalli fiscali e gli è raddoppiata la polizza.»

«Sconta sconta», mi rispose, distratto. Allungai l'occhio verso lo schermo. Aveva aperto una nuova mail e stava digitando l'indirizzo di Veronica, una tipa carina che si dava arie da vamp e lavorava ai sinistri.

«È lei la zoccola?» chiesi, indicando il nome sullo schermo.

«Sì», confermò subito Tavo. «Calcola che in convention a Rodi, lo scorso ottobre, è andata a raccontare a Davide che a lei piacciono le cose strane e che ha una preferenza per i papà. Davide l'ha scansata, e la mattina dopo è stata vista uscire dalla camera di uno dell'amministrazione.»

Sgranai gli occhi, incredula. «Ma non è sposata?»

Lorenzo mi guardò con aria compassionevole. «La mia piccola ingenua... e credi che per certe persone cambi qualcosa?»

In effetti.

Girai sui tacchi e tornai alla mia postazione, a controllare che nel frattempo il mio cliente non fosse morto di noia, in attesa. Mi mancava soltanto che a Piero arrivasse il suo reclamo.

Ripresi la telefonata, gli comunicai distrattamente lo sconto, inserendo di default la massima cifra consentita, perché non avevo più voglia di continuare a discutere con lui. Dopo aver chiuso la chiamata, mi scollegai, e rimasi qualche secondo a rimuginare.

La mia rigida educazione bigotta mi spingeva a provare repulsione per certi comportamenti. Del resto, io me la facevo (ci si poteva esprimere in questo modo di fronte a qualche chat un tantino più spinta?) con un ragazzo fidanzato, quindi nemmeno avevo la coscienza immacolata. Ma, pur volendo soffocare un'educazione in cui non avevo mai trovato riferimenti, a volte provavo una sorta di vertigine di fronte a tanta superficialità nelle relazioni umane. Il mio romanticismo era fuori moda, ma, in fin dei conti, credo che in parte salvasse un po' questo mondo di merda.

LUGLIO

Arrivò il caldo torrido e ci svestimmo tutti.

Non mi ero mai curata così tanto. Trucco, capelli e vestiti ogni giorno al meglio delle possibilità. A volte Piero si degnava di notarmi, più spesso no. Quando lo faceva, ero in estasi. Chattavamo fino a notte fonda, in maniera sempre più esplicita. Documentò fotograficamente ogni centimetro del suo corpo, mentre io mi esibii in maniera più velata, ma gli concessi quello che non avrei mai pensato di mostrare a uno con cui, tutto sommato, avevo parlato di persona sì e no due volte. Mi chiedeva cosa indossassi, mi ordinava di togliermelo. Poi mi spiegava quello che voleva che facessi. Dimostrava una certa esperienza, oppure tanta fantasia. In confronto a lui, ero una dilettante, ma una delle qualità che avevo sempre avuto era che imparavo in fretta. Mi lanciai a mia volta, presi confidenza con il gioco e incominciai a osare, senza riuscire però a sfuggire ai precisi binari che lui aveva imposto, adesso che finalmente avevo iniziato a costruire una relazione, bloccata dalla paura di sciupare quel poco che avevo di lui.

Era una situazione che mi portava ad essere costantemente in tensione. Poco benessere, emozioni violente. Piero riusciva a parlare sempre in maniera impersonale, senza mai dire nulla di sé. Notavo che, attraverso il suo linguaggio, riusciva, immagino in maniera inconsapevole, a non esprimere in modo chiaro una volontà; non pronunciava mai le parole "io voglio", né si attribuiva altre azioni, non si ingaggiava, pareva non volersi assumere responsabilità.

Era strano conoscere i più intimi dettagli di un corpo, di cui mi mancava l'esperienza più sostanziale: l'odore della sua pelle, il sapore delle sue labbra, la consistenza dei suoi capelli. Nei miei confronti non esprimeva alcun sentimento, io rimanevo totalmente in balia delle sue voglie, troppo insicura per prendere l'iniziativa e rompere il nostro equilibrio.

Paralleli a noi, Ciser e Ani continuavano clandestinamente a vivere la loro storia d'amore, e di amore Ciser mi parlava tanto. Pareva sempre strafatto: era una canzone bellissima, ma sparata a volume troppo alto.

A volte bisticciavano, io finivo sempre col raccogliere le loro confidenze, di solito prima arrivava lui, poi lei mi vedeva mentre parlavamo e si confrontava con me, un po' per raccontarmi la sua versione, un po' per capire che ne pensassi. La differenza tra loro stava nel fatto che per lei la leggerezza era una condizione dell'anima, la spensieratezza con cui voleva prendere la vita, che includeva ridere e scherzare con altri ragazzi, non prendere sul serio nulla che non fosse serio veramente, concedendo a se stessa degli spazi che non potevi fare altro che accettare, se ti andava bene la persona nel suo complesso. Lui la indossava come un abito di due taglie più piccolo, che porti perché ti piace l'immagine di te che restituisce, fingendo che non ti stia scomodo. Avevo come l'impressione che ne parlasse per giustificarsi in qualche modo, ma non capivo bene perché, mentre in fondo mi pareva parecchio opprimente. Scoppiavano piccole baruffe se lei non gli rispondeva velocemente ad un messaggio, se non ricambiava i suoi piccoli doni, se rideva troppo con un collega. Nulla di pesante in sé, se non fosse stato pesante nel complesso.

Invidiavo le cose vere di cui era fatto il loro rapporto, mentre contemporaneamente mi chiedevo come lei riuscisse a sopportarlo.

Trovai Cati in lacrime nel bagno, una mattina a fine turno. Non potevo dire di essere sorpresa.

«Marco e io abbiamo litigato e non voglio più sentirlo.»

Ancora Marco? Ma non era finita da tempo?

«E cosa ti ha scatenato questa decisione?»

«Mi ha paccato per il weekend.»

«Eravate riusciti ad organizzare un weekend assieme?» chiesi, sorpresa.

Lei annuì, tra i singhiozzi.

«Dovevamo andare ad Umago. Aveva detto alla fidanzata che un amico lo portava a pescare, io avevo già trovato un appartamento per due notti, un posto veramente carino, e all'ultimo mi dice che non riesce. Che lei ha insistito per andare all'Ikea, tra tutti i weekend proprio quel giorno, e lui non ha scuse per liberarsi.»

Trattenni un sospiro.

«Però lo sapevi che c'era questo rischio?»

Non era quello che voleva sentirsi dire.

«È stato lui a proporre l'idea di andarcene via per qualche giorno, in un posto dove poter uscire senza l'ansia di venir visti!» sbottò, affondando il naso nel fazzoletto.

Il suo dolore era profondo, perché insisteva su una cicatrice figlia di molte delusioni, e con un sospiro accantonai la predica che meritava e le passai un braccio attorno alle spalle.

«Iscriversi a Tinder è stata una buona idea. Ci sono migliaia di iscritti, sei uscita solo con uno di loro, ce ne saranno altri, non fermarti alla prima esperienza, vedrai che incrocerai qualcuno di più interessante. Pensaci bene: con questo ragazzo le prospettive erano ristrette sin dall'inizio! Se è fidanzato e tu no, è chiaro che siete alla ricerca di cose diverse!»

«Ma a me stava bene anche uscirci così ogni tanto!» protestò Cati.

«No!» ribattei. «È solo un ripiego! Tu non sei alla ricerca di un ragazzo per uscirci ogni tanto, stai cercando un compagno. Non devi fartelo andar bene, ti deve piacere. E ci vuole anche quel tanto di fortuna per incontrare la persona giusta in un momento della vita in cui è alla ricerca delle stesse cose che vuoi tu. È un insieme di elementi che devono incastrarsi, ma non devi accontentarti delle briciole, ci devi credere e, magari, evitare di perdere tempo dietro a dei quaquaraquà!»

Dovevo imparare dalle mie stesse parole. Ero brava a dissezionare i guai degli altri, salvo imbrogliarmi la vita con gli stessi meccanismi che combattevo.

«E se non incontrassi più nessun altro?» chiese Cati.

«Ma per piacere! Abbiamo tutta la vita davanti!» Ero passata al "noi", perché Cati esprimeva sin troppo precisamente tutte le mie paure.

«Sì ma, se chiudo con questo, non mi ritrovo la fila fuori dalla porta.»

«Nemmeno io. Ma chi ce l'ha? Serve tempo.»

Cati placò l'ultimo singhiozzo con un sospiro. Non era convinta che buone cose la attendessero, ma sapeva anche che avevo ragione.

«Nella peggiore delle ipotesi, Ani te ed io ce ne andremo a vivere assieme in una casa piena di gatti e mangeremo dolci dalla mattina alla sera.»

Cati mi concesse un sorriso poco convinto.

Avvicinò il viso allo specchio e iniziò a ripulirsi dalle tracce delle lacrime.

«Certo che invidio tanto Federica. Un fidanzato simpatico, che ha intenzioni serie, felice di mettere su famiglia, un grande amore ricambiato.»

Presi una velina dal dispenser del bagno e iniziai ad aiutarla a togliersi il mascara dalle guance.

«È vero, la invidio molto anche io. Nonostante il figlio non fosse programmato, sta vivendo un momento veramente meraviglioso.»

Uno scalpiccio che proveniva dal corridoio ci fece voltare entrambe la testa. L'oggetto della nostra invidia irruppe in bagno, la mano sulla bocca e il viso verdognolo. Ci vide e tentò di dire qualcosa, ma riuscì ad emettere solo un mugolio, mentre si precipitava nel gabinetto e chiudeva la porta alle sue spalle. Il rumore dei conati ci arrivò distintamente.

Cati ed io ci guardammo, a metà tra la preoccupazione ed il divertimento.

«Fede tutto bene?» chiesi.

«Bella merda le nausee», gemette.

Una mattina d'estate Ciser litigò furiosamente con Salva: voleva applicare un modello di processo all'evasione dei documenti che avrebbe efficientato i carichi di lavoro del Back Office, senza necessariamente inseguire le emergenze continue del commerciale, motivate dalle esigenze dei clienti. Lui continuava a sostenere che il nostro lavorare per urgenze sul lungo termine era costoso, e rivendicava il diritto di dettare il ritmo alla sua squadra.

Grazie allo scarso sviluppo altimetrico di entrambi, in Area Vendite la scena passò alla storia sotto il nome di "guerre naniche".

Ebbi la fortuna che il tutto si svolse a mezzo metro da me, regalandomi un quarto d'ora di potente imbarazzo, mentre questi mi sbraitavano addosso, non riuscivo a sentire quello che mi diceva una cliente in cuffia, al punto da finire con lo scollegarmi, mentre scambiavo occhiate con Lorenzo che, il maledetto, si sforzava di non ridere.

Colsi l'atteggiamento rigido di Salva, sempre molto permaloso, quando congedò Ciser per dare un taglio alla discussione, che mi piacque poco. Ciser finse di non dare peso alla cosa, con fare strafottente.

Mentre la storia con Ani sbocciava, per lui tutto il resto, carriera inclusa, passava in secondo piano, nonostante il rigido silenzio che continuava ad imporle.

Qualche giorno dopo, al caffè, gli chiesi come andavano le cose.

«Benissimo. Sto pensando di proporre alla tua amica un weekend a Forte dei Marmi: Bed & Breakfast intimo, bottiglia di buon vino, nottate interminabili...»

Non un cenno alla lite con Salva. Da quel giorno li avevo visti scambiarsi solo poche parole in tono teso.

«Bene», fu l'unica parola che mi uscì.

Mi sentivo rimanere sempre più indietro, rispetto agli altri, rispetto alla vita. Nonostante fosse ridicolo avere certi pensieri alla mia età, non riuscivo ad evitare di provare invidia.

Non penso fosse un sentimento cattivo, il mio. Insomma, era il desiderio di avere anche io cose che avevano gli altri. Ciò non significava che non volessi il meglio per le persone a cui volevo bene. Ma nemmeno potevo negare di stare covando un sentimento che non mi faceva onore.

Ero emotivamente su un'onda che continuava a salire, quando il messaggio di Piero interrompeva le mie serate, e mi risucchiava in un vortice di desiderio mai pienamente appagato, e scendere, nei giorni in cui in ufficio si limitava ad un ciao, occhi negli occhi, senza mai avvicinarsi. Continuavo ad aspettare un'evoluzione della situazione che però sembrava sempre più remota. Semplicemente, lui non aveva urgenze in questo senso. Non voleva di più, e il fastidioso pensiero che per lui non fossi altro che un passatempo che poteva sostituire con qualsiasi altra ragazza mi solleticava, come il principio di un'emicrania che mi sforzavo di ignorare. In pratica, vivevo delle oasi di adrenalina in un deserto di scazzo. Ma non volevo perdermi quelle piccole perle che mi concedeva, troppo insicura per allontanarmi con la fiducia che qualcosa di meglio mi attendeva.

Asciugavo Ani, che speravo avesse capito quale significato aveva per me la faccenda, ma come potevo parlarne ad altri? Avevo paura della sentenza distratta che avrebbero emesso i più. Gli servi per movimentare qualche serata. Tutto qui.

La mia vita era piena: amici, serate, soddisfazione al lavoro, divertimento. La mia razionalità minimizzava su quanto mi stava accadendo e su come mi sentivo, dicendomi che dovevo accettarlo o chiudere la faccenda. Più ci pensavo, più mi sentivo stupida. Più mi sentivo stupida, più avevo voglia di parlarne con qualcuno. Ma passavano i giorni, e ammettevo davanti allo specchio che non c'era davvero nulla di cui potessi parlare, avevo solo la povera Ani, che ascoltava e mi supportava, senza sminuire mai quello che sentivo, mentre rimanevo impantanata in quella situazione del cavolo.

Il mio cuore e la mia mente viaggiavano su binari paralleli: uno accanto all'altro, si vedevano da vicino con lucida chiarezza, ma non riuscivano a toccarsi. La mia testa sapeva perfettamente quello che avrei dovuto fare, come mi sarei dovuta sentire, ma il mio cuore non collaborava.

Pensavo di avere superato ben di peggio di questo, nella mia vita: ero sfuggita da una famiglia carente di felicità, da un matrimonio carente di amore, da una madre carente di autostima, da un padre carente di palle e da un'infanzia carente di tante cose, ma stavo raggiungendo i traguardi che mi ero posta, nonostante lo stato d'animo in cui vegetavo mi faceva sospettare che ci avrei impiegato più del previsto a riempire certi vuoti.

Dovevo farmi coraggio davanti allo specchio ogni mattina per affrontare l'ufficio, e lo sguardo metallico di Piero, penetrante ma sempre lontano. *Sei una leonessa*, mi dicevo, *sei una leonessa, non ti fanno paura, non glielo permettere.* Ma di paura ne avevo tanta, perché in fondo non credevo che la nostra sarebbe mai diventata una storia, razionalmente riuscivo ad essere molto lucida, emotivamente ero un groviglio, e se mi incitavo per autosupportarmi, dentro di me non riuscivo a fare altro che immaginare di vedermi come per forza dovevano vedermi gli altri, come la somma di tutte le mie mancanze, non abbastanza bella, non abbastanza intelligente, né tantomeno furba, sempre un passo indietro agli altri, che vivevano più veloci, che sapevano come andavano gestiti i sentimenti.

L'unica cura che conoscessi era divertirmi, e tanto cercavo di fare.

Una mattina arrivai in ufficio presto: avevo dormito male tutta la notte, rigirandomi tra le lenzuola alla ricerca di un sonno che era arrivato troppo tardi ed era stato carico di brutti sogni. Alle cinque ero sgusciata fuori dal letto e avevo bevuto un paio di tazze di caffè guardando fuori dalla finestra, ancora intontita, osservando il cielo che virava lentamente dal nero ad un pallore biancastro, preludio ad una giornata calda. Alla fine, stufa, avevo deciso di entrare una mezz'ora in anticipo al lavoro, in maniera da sistemare il mio raccoglitore: avevo dentro appunti di ogni genere, dal manuale che ci era stato consegnato nel nostro primo giorno di lavoro, ai vari aggiornamenti e comunicati che periodicamente la direzione ci inoltrava, in merito a normative di settore e cambiamenti di tariffazione, e volevo approfittarne per buttare via un po' di roba ormai obsoleta. Lasciai la borsa sulla mia sedia e andai subito a prendere un caffè alle macchinette. L'Area Vendite era praticamente deserta, salvo un paio di coordinatori mattinieri e qualche sporadico operatore che cazzeggiava in giro. Lorenzo non sarebbe comparso prima di un'ora abbondante.

Ciser era in saletta, mezzo addormentato su un caffè ormai freddo.

«Buongiorno», lo salutai.

Sussultò; si era appisolato veramente, e non mi aveva sentito arrivare.

«Tutto bene?» chiesi, mentre infilavo la chiavetta e ordinavo un espresso.

«Emicrania», rispose. «Sono tre giorni che praticamente non chiudo occhio. Stanotte mi sono rigirato nel letto per ore e alla fine sono venuto qui prima, altrimenti mi sarebbero saltati i nervi.» Oggi apparentemente l'ufficio era il rifugio di tutti i disagiati. «E tu che ci fai qui? Ma che ore sono?» chiese, ancora instupidito.

«Tranquillo, è presto... sono arrivata anche io in anticipo.»

«Come mai?»

«Brutta nottata.»

«Non mi vuoi dire chi è», mi disse lui, mentre ritiravo il caffè e gli sedevo accanto.

Sospirai.

«Non è nessuno, e non c'è nulla da raccontare.»

«C'è, se tu ci stai male. Magari il punto di vista maschile ti aiuterebbe.»

In effetti... Ma mi faceva paura parlarne all'interno di una cerchia dove entrambi eravamo conosciuti.

«È tutto stupido, e molto banale. Sono solo il passatempo di una persona da cui vorrei di più», ridacchiai.

«E ci soffri.»

Annuii.

«Ma quindi...» volle capire lui. «Perché non fai marcia indietro?»

«Pensavo di potermi accontentare di un tipo di rapporto che non mi basta più. Speravo in un'evoluzione che stenta ad arrivare.»

«Gliel'hai data?» chiese, con una delicata allusione.

«No...»

«Gliela dovevi dare», fu l'articolata diagnosi maschile.

«Non ne ho avuto nemmeno il tempo!» scoppiai a ridere.

«Chi è?» chiede Ciser.

Lo guardai, nel dubbio.

«Lo sai che ti puoi fidare», mi incalzò.

«Non è che io abbia paura che tu lo dica in giro... solo che... innanzitutto inizierai a prendermi in giro per il soggetto, e poi se ti scappa qualche battuta quando c'è lui... io non ho prontezza di spirito in certe situazioni...»

Ciser mi posò la mano sul ginocchio, serissimo. «Fidati di me», mi disse, guardandomi negli occhi.

«Piero», sussurrai, a voce bassa.

Lui rimase un attimo a fissarmi, mentre assimilava l'informazione.

«Beh, ma è una persona che ha grossi problemi relazionali.»

Aggrottai la fronte. «Cioè?»

«Ma guardalo... non parla, non ride mai, se ne sta sempre per conto suo... la risposta che cerchi è questa. Non devi farti altre domande.»

Ci pensai su un attimo. In effetti non era un tipo facile... che rabbia che, oltre a tutti i problemi in cui sguazzavo io, ero incappata in uno che non poteva che peggiorare le mie ansie.

Mi vide poco convinta, e proseguì: «Non è stupido, non è nemmeno cattivo, ma non ha personalità, mentre tu ne hai da vendere. È uno che non osa mai, che non tira mai fuori la voce, è completamente bloccato.»

Ovviamente, le sue parole mi accesero tutta. Non solo per il complimento, per il fatto che non ero io il problema, non ero io che non ero abbastanza, ma le parole di Ciser suggerivano che magari lui avrebbe voluto qualcosa di più, ma non riusciva a fare il passo che serviva.

Ma che razza di storia. Se non altro, presumevo, non era amore. Non che per me cambiasse qualcosa...

«Ho bisogno di allontanarmi da qua. Ho bisogno di non vederlo più ogni giorno.» Qualche volta, ma solo qualche volta, i nostri desideri non rimangono inascoltati.

«In sala riunioni, veloce!» mi intimò Lorenzo un mattino, sforzandosi di apparire minaccioso. Sbuffando in maniera plateale, per manifestare assoluta noncuranza nei confronti della sua autorità, lo seguii.

«Ti voglio fuori di qui», disse.

Per un attimo, temetti di avere sul serio combinato qualcosa.

«Prego?» domandai, un filo meno spavalda.

Lui sorrise.

«Ho parlato con Salva, vorremmo mandarti a fare qualche sopralluogo, nei prossimi mesi. Usciresti in affiancamento a uno dei ragazzi del team, per imparare come ci si muove nel processo di selezione di un nuovo broker: incontro con la potenziale agenzia, questionario di rito, valutazione, sottoscrizione dell'accordo, percorso di formazione. Stanno valutando di inserire qualche risorsa in più nell'ufficio che segue la rete territoriale, ma invece che selezionarla da fuori, come hanno sempre fatto, vogliono capire se può essere conveniente far crescere una risorsa interna. Il tuo percorso sarebbe una specie di test.»

Mi sentii gonfiare di orgoglio, nonostante la lieve ansia per la responsabilità che mi affidavano. Sarei approdata al ruolo che tecnicamente all'interno veniva definito "Gestore reti esterne". Una delle ragioni per cui noi operatori telefonici ci sentivamo trattati da servi della gleba era che non venivamo mai coinvolti in nulla dall'azienda, che non fosse stipulare. Non eravamo stati interpellati quando era stato lanciato il nuovo gestionale per la quotazione delle polizze, a cui ritenevamo la prima linea avrebbe potuto dare un contributo importante. Non venivamo considerati quando si trattava di ricercare personale per ruoli più complessi: a volte i talenti venivano pescati a Mogliano, a volte provenivano da altre aziende. Questa mancanza di orizzonte professionale ci veniva giustificata col fatto che eravamo risorse troppo preziose per l'azienda, e che il nostro posto era in cuffia, ma non ci credeva più nessuno. Spesso, il risultato era che chi era interessato alla carriera fuggiva altrove, chi si accontentava rimaneva placido a compromettersi l'udito ripetendo un milione di volte: «Quanti cavalli fiscali ha la sua autovettura?».

«Pensi che sarò in grado?» chiesi.

«Ne sono sicuro. Ma se vuoi un consiglio, questa non è una domanda che devi porre a un tuo superiore. Fino a che parli con me sai che non ci sono problemi, ma se Salva ti chiama per un colloquio, mostrati sicura ed entusiasta. In questa azienda vi vogliamo così!» mi disse, addolcendo il mezzo rimprovero con il solito sarcasmo.

Annuii, seria.

Lui sorrise e mi batté leggermente sul dorso della mano. «Sei contenta?»

«Assolutamente sì. Lo sai che mi piace lavorare qua, ma la prospettiva di liberarmi della cuffia, e soprattutto girare un pochino, è un sogno. Devo prepararmi in qualche modo, secondo te?»

Lui si strinse nelle spalle. «Direi di no. Magari alla prima uscita portati un blocco per gli appunti, fai tante domande, segnati le cose importanti. Non arrivare in pantaloncini corti e infradito.»

Feci platealmente scendere il mio sguardo sulle sue gambe. Due ginocchia pelose spuntavano da un paio di bermuda kaki di Tommy Hilfiger. Sotto, per fortuna, niente Birkenstock, ma un paio di New Balance, seppur verde vomito.

«Hai mai visto *moi* in pantaloncini corti ed infradito qua dentro?» gli chiesi, indignata. Anche perché avevo le gambe storte...

«Adesso torna a produrre, operatrice!» mi ordinò, alzandosi.

Lo seguii fuori dalla sala riunioni con il viso che mi esplodeva di eccitazione.

La sera stessa, da Walter, ne parlai con le ragazze, durante il nostro solito aperitivo di confessione generale.

«La settimana prossima vado a Venezia», annunciai. «Lorenzo mi ha proposto di fare un sopralluogo in un'agenzia che vorrebbe diventare nostro broker. Ci devono consegnare i primi documenti, e vuole un'impressione di prima mano della sede. Riporto diretto a Salva. È eccitante, mi piace starmene lontano dalla cuffia.»

«Riporto diretto a Salva...» ripeté Fede estatica.

La guardai di traverso. «La gravidanza ti ha sconvolto gli ormoni?»

«Tutto pur di stare lontano dalla cuffia», concordò Ani.

«Io questa settimana sarò stata collegata dieci minuti», commentò Fede, trastullandosi con la cannuccia del suo tristissimo succo di frutta da gravida.

Davanti a lei si stava aprendo la strada della formazione. I boss si erano resi conto che era molto brava ad indottrinare i nuovi arrivati, soprattutto a mostrar loro la parte pratica di gestione del cliente e delle obiezioni, anche grazie all'innato mix di infinita pazienza e materna severità, e sempre di più le affiancavano gli operatori che dovevano imparare o aggiustare il tiro. Io ero convinta che fosse Lo Sguardo, la sua arma vincente. Sfoderato quello, le implumi giovani leve non potevano che obbedire. A volte avevo l'impressione che fosse l'unica tra noi a credere veramente nel nostro lavoro. Nonostante non le mancasse il senso critico, era la più dedita, la più seria nell'approccio. O magari era solo molto orgogliosa, e non voleva incrinare l'immagine della sua vita che si era creata. Le erano arrivate voci piuttosto consistenti di un suo utilizzo in pianta stabile quale formatrice interna, e aveva passato la quasi totalità della settimana ai sinistri, per capire di prima mano come giravano le liquidazioni.

Aveva già anticipato al coordinatore la sua gravidanza, e di comune accordo avevano deciso che avrebbero atteso ancora qualche settimana prima di annunciarlo ufficialmente a Salva. Non c'era una mentalità da competizione selvaggia in azienda, quindi il suo avanzamento di carriera non ne avrebbe risentito.

«Beh, da un lato è una figata...» iniziò Cati.

«E dall'altro il mio stipendio colerà a picco, se non sto mai in cuffia. Insomma, la proposta è molto allettante, lo ammetto, ma sono preoccupata: anche se decidessero di alzarmi il fisso, non sarà mai tanto quanto le provvigioni che andrei a perdere se non stessi più in vendita diretta.»

Era anche il mio dubbio: al momento le giornate di trasferta mi venivano ricompensate con un bonus giornaliero e un rimborso spese, ed ero libera di usare la macchina aziendale se lo preferivo, quando era disponibile, ma in cuffia guadagnavamo bene, se lavoravamo veloci. Io avevo già fatto le mie considerazioni al riguardo: ma in me la voglia di fare una nuova esperienza era predominante, e avrei cercato di trovare una quadra che mi garantisse di arrivare alla fine del mese.

«Comunque brave entrambe! Un brindisi per voi!» esclamò Ani.

Ordinammo un altro giro e, chiuso il capitolo lavoro, passammo alle cose importanti.

Cati stava frequentando un tizio nuovo, Luca, conosciuto anche lui su Tinder; Marco sembrava essere stato definitivamente archiviato. La faccia di questo Luca dalla foto ispirava simpatia: sorriso aperto, sguardo limpido, non bellissimo ma piacevole. Avevano chattato per settimane, lui era stato carino, messaggio del buongiorno, coccole virtuali della buonanotte e tutto il pacchetto completo, quando finalmente si erano visti di persona per un veloce caffè, in Cati si era spenta ogni velleità. Diceva che non era scoccata la scintilla. Noi non volevamo cedere: finalmente interagiva con uno che la trattava con rispetto, si spendeva in carinerie e non si volatilizzava senza spiegazioni, eravamo tutte del parere che gli dovesse concedere un'altra opportunità.

«Ci hai parlato dal vivo per mezz'ora, è troppo poco per emettere una sentenza, dai!» gli dissi.

«Magari era solo un po' impacciato perché era la prima volta che vi vedevate di persona», disse Fede.

«Ma tanto mi ha già detto che sta cercando di trasferirsi, ha dei contatti per andare a lavorare come barman in un villaggio turistico in Egitto», rispose Cati.

«E quindi?»

«Quindi tanto se ne va.»

Ecco dove stava il problema. Si era chiusa in difesa, come al solito.

«Ma scusa, e allora? In primo luogo, non è detto che vada. Inoltre, tornerà, prima o poi. Magari ne nasce una bella amicizia, non privarti subito di un sacco di opportunità!» esclamai.

«Perché non provi a vedere come procede?» disse Ani, più dolce di me.

«Ma sì, sì», rispose Cati, con zero convinzione, il tono di chi vuole troncare una conversazione da cui non trarrà alcun consiglio. Peccato, pensai.

«Ma Ciser?» chiese Fede ad Ani. «Ieri mi ha fatto una piazzata sul fatto che non lo invitiamo mai a pranzo con noi.»

Ani si strinse nelle spalle «In effetti in Back Office non è che ci sia tanta gente divertente... ogni tanto potremo invitarlo.»

Ci scambiammo un'occhiata. Possibile che le altre non avessero capito nulla? Dalle espressioni trasparenti di Fede e Cati in quel momento pareva evidente che fossero assolutamente ignare della storia di Ani e Ciser, e mi pareva incredibile, con tutti i segnali che parevano emettere quei due.

«E il tuo orto? Lo stai coltivando ancora?» mi chiese Cati.

«Il mio orto, il mio grazioso orticello», sospirai, plateale, «dopo un gran zappare, di tanto in tanto spunta qualche ortaggio...»

«Una zucchina, immagino», mi interruppe Fede.

«Sì, una bella zucchina, appunto», confermai, arrossendo «che alla luce del sole si dilegua, lasciandomi la sensazione che si trattasse solo di un sogno», conclusi, con toni drammatici.

«Che palle, il solito insomma.»

«Non te lo vuole dare, Nina!» rise Cati. La guardai storta.

«Va bene così», minimizzai. Non so perché, ma non volevo darle la soddisfazione di credere che il mio rapporto con Piero fosse per me una gran fonte di frustrazione. «Vediamo cosa succede, senza troppe aspettative.» Falsissimo. Mi maceravo nell'attesa di uno sviluppo concreto. Ma ad Ani lo avevo detto chiaramente, Fede lo aveva intuito, con Cati mi sentivo restia, scottata da qualche battuta poco incoraggiante che le era scappata nei mesi addietro.

«Secondo me, è un po' coglione. Arrivi, fai il figo, e poi non hai il coraggio di affrontarmi di persona», disse Fede.

Già. Ma ancora più cogliona io che ci stavo a rimuginare.

Ultima settimana di luglio. Ero stanca, e avevo voglia di andarmene in ferie. Mancava poco, e contavo i giorni che rimanevano alle vacanze. Da settembre avrei girato più spesso, per formare i nuovi broker. Lorenzo stava tentando di trovare una soluzione contrattualmente valida: innanzitutto dovevo passare a un full time, e poi bisognava trovare il modo di compensare le provvigioni che mi perdevo quando stavo lontano da Area Vendite. Ma al di là di questi aspetti, l'idea che al rientro dalla pausa estiva non sarei più stata perennemente attaccata alla cuffia come un cane alla catena era meravigliosa. Volevo affrontare le vacanze per ricaricarmi, per tornare grintosa al lavoro pronta per le novità che mi aspettavano.

Piero si faceva vivo quando aveva voglia. Avevo imparato a lasciargli la palla, se volevo giocare. Ogni giorno reprimevo il desiderio di scrivergli. Ci provai altre due volte, durante l'orario d'ufficio. Due risposte secche, l'evidente desiderio di troncare la conversazione. Invece certe sere arrivava, caldo e tagliente, e ci solleticavamo a furia di parole e fotografie. Ma era un prurito che non risolvevo mai. Continuavo ad ardere dal desiderio di toccarlo, di sentire la sua voce, annusare il suo sentore di sigaretta.

Ani era partita; Lignano, con le sue sorelle. Ciser gliel'aveva menata perché lo abbandonava, ma lei aveva prenotato la vacanza molti mesi prima. Da noi i piani ferie si facevano a gennaio, e per rispettare la turnazione di trecento operatori, era praticamente impossibile fare cambi, specialmente in estate, ma all'epoca della pianificazione loro non stavano assieme, quindi avevano programmato periodi di vacanza diversi. Ani mi era sembrata parecchio infastidita. Da un lato, il suo divieto a parlare apertamente della loro storia iniziava a diventare assurdo. Era chiaro ad entrambi che non stavano vivendo un vacuo flirt estivo, e c'erano i presupposti per ufficializzare il loro legame, ma lui temporeggiava, e nonostante le mille attenzioni e le appassionate dichiarazioni, Ani iniziava a temere che ci fosse dell'indecisione dietro a questa scelta. La cosa assurda era che l'esigenza di segretezza creava una frattura in cui si insinuavano le insicurezze di Ciser. Quando non stavano assieme la riempiva di messaggi, voleva sapere dov'era e con chi, e si offendeva se lei non rispondeva tempestivamente a ogni bip. Per chi era in sua compagnia era piuttosto snervante, e sapevo bene che una Ani meno accecata dalla passione lo avrebbe trovato un incubo. Ora che era partita, mi domandavo se passasse le sue ore sotto l'ombrellone con il telefono in mano. Era probabile. Non riuscivo a scrollarmi di dosso la sensazione che la loro storia, che stava bruciando così intensamente, si sarebbe consumata molto in fretta.

Una mattina, incrociai in bagno delle neo assunte, due ragazze di vent'anni che manco salutavano, tiratissime e con l'aria antipatica, e il tipico atteggiamento di venerazione nei confronti dei superiori di chi ancora non ha visto nulla.

Mi ignorarono bellamente, mentre si aggiustavano capelli e lucidalabbra davanti allo specchio prima di rientrare in cuffia, prendendosi molto sul serio, e io mi infilavo nel gabinetto.

«Non riesco a capire come ti possa piacere Lorenzo», fece una all'altra.

Che situazione odiosa. Le porte dei bagni avrebbero dovuto essere insonorizzate. Sentivo la loro conversazione come se fossi stata di là, ciò significava che loro potevano ascoltare ogni mio rumore. Mi sforzai di fare pipì, senza riuscirci.

«Per me è un gran figo. Poi scusa, parli tu a cui piace Ciser!»

Il suo nome risvegliò il mio interesse e mi concentrai su quello che si stavano dicendo, nonostante la scomoda posizione in cui ero, sedere a mezz'aria, carta igienica pronta, bruciante desiderio che quelle due si levassero dalle palle per fare quello che dovevo fare.

«No no, non mi interessa più, adesso preferisco Salva. Poi Ciser già se la fa con quella col nome da russa, nonostante sia fidanzato, mi sa che il suo letto è un po' troppo affollato.»

Risero, poi le sentii trafficare, e finalmente uscirono dal bagno.

Mentre facevo pipì, pensai che mi sarebbe piaciuto far loro notare che Ciser era single ormai da mesi, ma ero soprattutto sorpresa che la notizia della loro storia fosse finalmente trapelata senza che me ne accorgessi. Io avevo costantemente sotto gli occhi le evidenze della loro relazione: i frequenti caffè assieme, gli sguardi innamorati, i loro ingressi in ufficio, spesso pochi minuti uno dall'altro, specialmente quando erano in ritardo. Ma bisognava impegnarsi molto a farsi gli affari degli altri per farci caso.

Mentre mi lavavo le mani, pensai che in fin dei conti ero anche io una pettegola, e che se non fossero stati miei amici, magari ne avrei sparlato. La faccenda non mi preoccupava: che il fatto iniziasse a trapelare poteva far gioco alla mia amica, dopo tutto.

Adesso toccava decidere se parlargliene o meno. Tra una cosa e l'altra, alla fine scordai di farlo.

Ani e io ci saremmo incrociate per un momento al suo rientro, poi mi aspettava la Croazia, dove avrei infilato infradito e copricostume e avrei cercato di spegnere il cervello. Il solito gruppo di amici dell'università, una decina di noi, la compagnia dello stadio, come la chiamavo io, perché quando giocava la Triestina, anche con bora che soffiava a cento chilometri l'ora, noi eravamo in curva Furlan a goderci lo spettacolo.

Volevo tornare con la mente sgombra, positiva, volevo riuscire a confinare Piero nello spazio che meritava, senza che fagocitasse ogni mio pensiero.

Un mattino, poco prima di finire il turno, mentre cercavo Lorenzo che mi doveva autorizzare mezz'ora di permesso per sosta tattica dall'estetista prima di espormi al sole e lui usciva dall'ascensore, sbattemmo l'una nell'altro. Era così strano ritrovarmi contro il braccio i suoi addominali duri, estranei, su cui avevo la sensazione di poter vantare qualche diritto.

I nostri sguardi si incrociarono, rimasero incatenati l'uno nell'altro per qualche secondo, poi entrambi borbottammo un ciao e via per la nostra strada.

Con Lorenzo persi un sacco di tempo: mi fece uno scherzoso interrogatorio prima di concedermi il suo ok.

Tornai alla mia postazione e scorsi subito il pallino rosso di Skype che avvisava di un nuovo messaggio. Aprii la pagina senza grande curiosità, e trovai un messaggio insperato.

'Non è che starai dimagrendo troppo?' scriveva Piero.

Ero sorpresa: ormai il nostro rapporto viaggiava su binari ben precisi, scambio di messaggi la sera, a volte fino a notte fonda, quando ne aveva voglia, in ufficio di norma mi ignorava.

'Non si è mai troppo ricchi o troppo magri, dicono', digitai.

Mi rispose subito.

'Troppo ricchi forse no, troppo magri sì. Comunque stai bene. Anche di persona.'

'Grazie', gli scrissi, con il cuore che mi batteva forte.

'Prego...'

Di persona, di persona... Fatti venire in mente qualcosa, che potremmo fare di persona, pensai. Morivo dalla voglia di fare una serata con lui, un bel giro di locali e poi magari, se me la sentivo, un posto appartato. Strana questa lontananza così intima, tanto ambivalente, bella la sensazione di sentire i suoi occhi che mi accarezzavano da lontano. Ma c'era sempre questo qualcosa che lo spingeva a rimanere a distanza, che non capivo. D'impulso, mi dissi che ero stufa di aspettare un'evoluzione che non stava arrivando, dovevo cercare di prendermi quello che volevo, senza paura.

'Ma se ci facessimo un aperitivo domani?' buttai lì, immaginando le mie parole che viaggiavano nell'etere con tono indifferente, anche se tremavo. *Una birra*, mi dissi, *gli hai proposto una semplice birra, perché te la stai facendo sotto?*

'Perché no', rispose.

Mandai una faccina che faceva l'occhiolino, lui mi rispose con una che mandava un bacio.

Domani sei mio. Poi pensai che dovevo raccontarlo subito ad Ani... accidenti a lei che era in ferie.

Lo dissi a Cati. Era un mio difetto, lo sapevo bene, parlavo troppo, mentre spesso sarebbe stato più utile tacere molte cose, ma avevo bisogno di sviscerare tutto, capire fino in fondo.

Mentre ero alla sua postazione, per chiederle alcune informazioni su una polizza che mi era capitata tra le mani e che lei aveva gestito prima di me, buttai lì, casualmente, che domani Piero ed io ci saremmo bevuti una birretta assieme. In realtà, per glorificare la situazione, la raccontai come se fosse stato lui ad invitarmi; non mentii, ma gli nominai il nostro scontro, il suo messaggio, e che da cosa nasceva cosa.

«Si vede che non aveva niente di meglio da fare», mi liquidò, distrattamente. Ci rimasi malissimo. Perché quelle parole mi ferirono, perché da un'amica avrei voluto una condivisione appassionata dell'analisi grammaticale, logica, contestuale dei suoi messaggi, un interrogarsi dialettico delle possibili motivazioni, un brainstorming sull'outfit di domani, avevo bisogno di qualcuna che mi aiutasse a capire, non che sminuisse un evento che per me era epocale. Non ribattei, non potei aggiungere altro. Lasciai che cambiasse discorso, pentita di avergliene parlato.

Mi mancava Ani, l'avrei voluta accanto a me. La invidiavo, perché riusciva a godersi le ferie anche lontana dal suo amore, appagata dalla certezza dei sentimenti che condividevano. Io, con tutto quello che ero riuscita a fare della mia vita, nonostante le tante difficoltà, i miei momenti difficili, nonostante razionalmente avessi combattuto ferocemente per costruire fondamenta di autostima per affrontare la mia vita, mi sgretolavo dissolvendomi sotto il peso di uno sguardo, senza riuscire ad accettare l'idea di non piacere abbastanza.

Ero intrappolata in una prigione di carta da cui non riuscivo a uscire.

La sera, scelsi con cura quello che avrei indossato il giorno dopo. Avevo un vecchio vestito di lino, con una gonna a ruota molto ampia, il collo a scialle, che stringevo in vita con una cintura altissima: mi sembrava che, sebbene lo avessi già indossato mille volte, fosse la cosa che mi donava di più, adesso che ero abbronzata dal sole barcolano; capelli a posto, trucco curato. Ne avevo bisogno per darmi coraggio.

La mattina dopo mi sentivo il sole esplodere in petto; arrivai in ufficio con piedi alati, cinguettando come in un film della Disney, una raccolta di aspettative. Attesi l'ora della pausa, poi attesi ancora un altro po', sperando che si decidesse a nominare il nostro appuntamento e proporre una location, poi capitolai e gli scrissi.

Quando vidi che impiegava più di qualche minuto a rispondere, capii subito che non sarebbe venuto. Mi fece macerare più di mezz'ora nell'attesa, poi scrisse, semplicemente 'Scusa, sono un po' preso. Magari rimandiamo a un altro giorno.'

Fine delle trasmissioni.

Cretina, mi rimproverai. Lo sapevo che non mi sarei mai dovuta esporre, lo sapevo che non dovevo andarlo a cercare. Lui stava a distanza, ed era bravo a sfuggire come nessun altro, tanto lontano quanto un idolo adolescenziale.

La cosa che più mi faceva arrabbiare era che avevo fatto la mia mossa spinta dai consigli delle mie amiche, di cui avevo sempre dubitato. Dentro di me, sentivo che con lui non avrebbe pagato. Che non sarei stata in grado di imbrigliarlo, di portarlo dove volevo io. Che per quanto fossi convinta di essere una tonta, alla fine era il mio intuito ad avere ragione. E il mio intuito continuava a dirmi che l'unica maniera per portare Piero da me, era lasciarlo andare. Il problema era che mi sembrava di potermi fidare soltanto delle mie percezioni negative: sapevo che cercandolo sarebbe diventato ancora più sfuggente, sapevo che dovevo reagire alle sue mosse senza stringerlo all'angolo, sapevo che non mi apparteneva, ma percepivo il suo sguardo su di me, lo sentivo scottare sulla mia pelle, e sapevo che era reale, che non era una mia illusione. Il vero problema era che significato attribuire a quello sguardo, se potevo leggerlo alla luce dei miei sentimenti di ragazzina ancora tutto sommato ingenua e poco esperta, o se era superficiale come un alito di vento, che non scende in profondità, che dura soltanto un secondo. Perché in fondo, io sapevo bene quale era la verità: di me aveva già tutto quello che voleva, non cercava altro. Anzi, preferibilmente dovevo restare al mio posto, una chat virtuale con cui sollazzarsi prima di una sonora dormita. Nessuna remora lo bloccava, il suo carattere difficile non influenzava la situazione, non c'era un domani a cui la nostra relazione sarebbe approdata. Era il momento in cui dovevo avere la lucidità di vedere la realtà per come era, senza speranze e senza cercare motivazioni assurde per giustificare un comportamento che doveva essere letto solo per quello che era: un interesse blando e fatuo. E ormai avevo capito che non poteva bastarmi, che questo rapporto mi portava più ansia che benessere, e che era ora di mettere da parte tutti i miei dubbi sul mio valore e su ciò che meritavo, perché nulla avevano a che fare con la vicenda: semplicemente, a lui non piacevo quanto lui piaceva a me. Banale, comune, amaro ma lineare.

Ok, qui si chiude la vicenda, pensai. Oltre che triste, ero arrabbiata. Che palle poteva avere un ragazzo così? Se non voleva bere qualcosa con me, avrebbe dovuto dirmelo subito.

Impiegai qualche ora a digerire la delusione. Mi dissi che era un bene che ci avessi provato, meglio rimorsi che rimpianti, eccetera. Ma tutte queste frasi fatte servivano solo a consolarmi per non aver ottenuto quello che volevo. Erano il premio di consolazione, non di certo la coppa. Andare a testa alta, sapendo che era lui che non si era comportato da valoroso non dava grande soddisfazione, alla fine.

Ero certa al mille per cento che non mi avrebbe mai più scritto. Non voleva stare con me, e faceva male. Faceva un male cane.

Non lo sentii più per una settimana, non si fece mai vivo neppure la sera, nonostante non era mai sparito per più di tre o quattro giorni. Gli ero bastata per quello che gli avevo dato, qualche effusione virtuale. Peccato che per me erano state solo poche gocce, che non avevano placato la mia bruciante sete. Insomma, continuavo a vagare in un labirinto creato dalla mia stessa testa, mentre con tutta probabilità lui viveva ignaro, sereno e assolutamente inconsapevole dello tsunami che aveva causato nella mia vita. Il problema di quei momenti di gioco tra noi era che illuminavano la giornata di un chiarore abbacinante; quando il cielo ritornava buio, i miei occhi, accecati dal chiarore, non vedevano più nulla.

Non voleva entrare nella mia vita, e io facevo fatica a cacciarlo definitivamente. Era come avere a che fare con una gatta superba, che ti si struscia sulla gamba per farsi accarezzare, ma che scappa non appena allunghi la mano per cercare di toccarla.

Un lunedì, mentre lavoravo, quasi stravaccata nella mia postazione, mi mandò una faccina che faceva le linguacce, su Skype. Psicopatia livello pro. Non risposi. La mattina successiva lo incrociai mentre aspettava l'ascensore, di prima mattina, con la sua bellezza scostante, nascosto dietro agli occhiali scuri, muto, espressione indecifrabile. Ci salutammo e salimmo sull'ascensore nell'imbarazzo più assoluto. Non staccò gli occhi dal telefono per l'intera salita, nascosto dietro alle sue lenti a specchio, incapace di guardarmi o rivolgermi la parola. Indifferenza, disagio vero, impossibile da capire, ma alla fine poco importante. Ci separammo al piano, io diretta verso la mia postazione, lui verso la sua, io senza averci capito niente di niente.

Ani mi dava una mano a sdrammatizzare la situazione. Anche per lei certi atteggiamenti erano assolutamente incomprensibili, ma il suo granitico sostegno era un appoggio su cui ormai contavo. Riderci su era l'unica terapia, l'unico possibile metodo di sopportazione dell'assurdo elevato a modello di vita. Anche Ciser partecipava alle mie disavventure, empatico, attento. L'amore gli faceva tirare fuori il meglio di sé. Io, che oscillavo dall'autocompatimento alla voglia di spaccare il mondo, mi sforzavo di lasciarmi conquistare dall'allegria che tentavano di trasmettermi, loro che stavano vivendo il sogno più bello della vita.

AGOSTO

Ultima settimana di lavoro prima di partire. Non ne potevo più. Non avevo più energia per essere propositiva, avevo bisogno di staccare, di smetterla di buttare il mio tempo aspettando un messaggio che non arrivava, e un'evoluzione di una situazione che non era destinata a darmi quello che desideravo, volevo cambiare aria, volevo il sole, il mare, volevo sentire il rumore delle onde e dissolvere i miei pensieri nell'acqua.

Volevo stare con altre persone, allontanarmi dall'ufficio, non parlare più delle stesse cose, non nominare più Piero.

«Sarai tranquilla in vacanza?» chiesi ad Ani, che andava nella casa di montagna di alcuni amici vicino Ravascletto.

«Sì sì, in compagnia, a divertirci, sarà bellissimo.»

Non pareva angosciata dall'idea di lasciare Ciser. Di sicuro, la certezza dell'amore di lui era una gran fonte di serenità. Non mi sfiorava l'idea che, forse, fosse solamente più riservata.

Lui era cambiato. Nei miei confronti era attento e premuroso, meno legato alle minchionerie e più concreto. Ani aveva risvegliato aspetti che probabilmente la vita adulta e magari una certa routine di coppia gli avevano addormentato. Pareva stupito di aver riscoperto altre piccole e banali cose, che forse aveva trascurato.

Intuii la sua riluttanza a salutarsi per le vacanze; la storia con Ani lo aveva mandato fuori asse, mentre lei conservava un baricentro più solido. Che fosse carattere, o una storia famigliare più serena non lo sapevo.

Non credo sarei mai riuscita a eguagliare quella serenità, potevo solo attingerne piccole dosi, di tanto in tanto.

Organizzammo una giornata al mare con le Ganze, prima di imboccare ognuno la propria strada. Sapevo che Ciser sarebbe voluto venire con noi: Ani ventilò l'ipotesi al gruppo, con un vago cenno. Non avevo molta voglia che si intrufolasse: tendeva ad accentrare troppo l'attenzione, sbilanciava i nostri equilibri, mentre io avevo solo voglia di godermi una giornata solo noi quattro. Fede mi salvò dicendo che si rifiutava di farsi vedere in costume da bagno da un collega perché la gravidanza le aveva fatto spuntare i peli sulla pancia. Questo chiuse l'argomento.

Contrariamente alle nostre abitudini, per una volta evitammo la spiaggia libera di Barcola e ci concedemmo Grignano 2, uno degli stabilimenti a pagamento considerati più da fighetti della città. La strada costiera rimaneva alta sopra il promontorio, dal parcheggio all'ingresso della struttura si arrivava con l'ascensore, non c'era rumore di traffico a disturbare chi prendeva il sole, né quel fastidioso sovraffollamento di ragazzini spiantati che vivevano i loro drammi estivi al sole. Ci permettemmo pure sdraio, senza ombrellone perché volevamo tutte abbronzarci, e pranzo al ristorantino dello stabilimento, per celebrare degnamente l'inizio dell'estate 2019, che per noi coincideva con la pausa dal lavoro, e i relativi quindici giorni in cui non ci saremmo viste. Innaffiammo la frittura di pesce con del vino bianco, brindammo con del prosecco quando Fede annunciò che l'erede sarebbe stata una femminuccia, e si sarebbe chiamata Angelica. Poi, ci stendemmo stordite al sole, ad aspettare il mal di testa che ci meritavamo, e mentre guardavo la curva della costa che tramite il molo di Grignano arrivava fino alla città, ascoltando distrattamente le chiacchiere delle altre, pensavo che, dato che Piero non si era più fatto vivo, potevo approfittare di quella parentesi in cui non ci saremmo visti per lasciare dietro di me ogni mia aspettativa su di lui, fare pulizia, per così dire, e fare spazio al nuovo. Dovevo sfruttare quei quindici giorni. Pensai che poteva funzionare.

Ani ed io ci abbracciammo forte prima di partire. «Mi raccomando, divertiti senza pensare a quello che lasci qui», le raccomandai.

«Non preoccuparti, non ho nessuna intenzione di struggermi per chi rimane a casa», rispose, facendo roteare gli occhi. «Un po' di libertà dalle sue pressioni è più che benvenuta. Dove vado non prende il telefono, l'ho già avvisato, si deve rassegnare che non potrò rispondere sempre ai suoi messaggi istantaneamente.»

Sentivo un velo di esasperazione dietro le sue parole. Mi sarebbe mancata, ma al tempo stesso avevo bisogno di allontanarmi anche da lei. Avevo bisogno di mettere spazio tra me e tutto quello che faceva parte della quotidianità della mia vita.

Non volevo sentire per un po' nemmeno Ciser, per gli stessi motivi.

Mi rendevo conto che nei confronti della loro coppia nutrivo sentimenti ambivalenti: con Ciser continuavo a percepire un sotterraneo disagio, che derivava dal suo smaccato orgoglio per la sua rinascita, mentre Ani manteneva un riserbo naturale che pennellava la situazione con tinte diverse. L'euforia di Ciser me lo rendeva volgare. O forse stavo solo diventando una vecchiazza acida. A venticinque anni.

A settembre volevo tornare rigenerata, più forte. Volevo che il cuore mi obbedisse, volevo capire come ero finita invischiata in una sofferenza che si era prolungata più del dovuto, volevo leccarmi le ferite e imparare dai miei errori, per uscire da un circolo vizioso che costituiva l'aspetto della mia vita che meno riuscivo a governare.

Salutai Ciser con vero affetto, ma sempre confusa dalla mia stessa ambivalenza di sentimenti nei suoi confronti, chiedendomi se l'amicizia matura fosse questo, accettazione dell'altro con ogni suo pregio e difetto.

Il profumo del mare, il sole sulla pelle, le labbra che sapevano di sale, le felicità scontate dell'estate. Guardavo il cielo che mi schiacciava a terra, che proseguiva in tutte le direzioni fino a darmi le vertigini, ed ero libera, lontana da occhi da cui mi ero sentita giudicata per mesi, lontana da quella tresca che ora mi sembrava così squallida, perché ero convinta che lui non avesse nutrito i miei stessi sentimenti.

Guardavo l'azzurro, e mi pareva di fluttuare. Come ero felice, all'aria, vicino al mare, mi sentivo così forte, così invincibile. Potevo farcela, mi dicevo. Tutti gli altri erano piccoli, Piero era piccolo, insignificante, un accidente nel percorso della mia vita, io ero tutto.

Avrei desiderato allontanarmi, per non vederlo mai più, per dimenticare i suoi occhi, la sua voce. Ce la potevo fare. Guardavo l'azzurro e pensai che ce la potevo fare.

Furono delle belle vacanze. Risi, scherzai, conobbi altra gente, chiacchierai, me ne stetti il più possibile lontana dai gruppi WhatsApp legati al lavoro. Era bello stare con persone che non sapevano nulla di quel mondo.

Allontanarmi dal microcosmo di Area Vendite mi provocava una sensazione di straniamento: vivevo per undici mesi all'anno come parte di un gruppo di persone a cui sentivo di appartenere, di cui conoscevo tutti i pettegolezzi, da cui pensavo di non poter prescindere, ma quando tornavo a stringere i legami con i miei amici storici, mi sentivo risucchiata via, lontano, e nella prospettiva mi staccavo dai compagni della quotidianità e sentivo quanto fragili fossero alcuni di quei legami, quanto fossero condizionati dalla consuetudine del vedersi ogni giorno, ma non avessero radici. Sapevo che, una volta salutati i miei amici, al rientro a Trieste, avrei provato la stessa sensazione nei loro confronti.

La mia compagnia era una manica di caciaroni. Combinammo di tutto. Fummo rimproverati dai proprietari degli appartamenti che avevamo affittato perché facevamo troppo casino, bevemmo fino a che una mia amica stette male per due giorni, forammo, ci insabbiammo con la macchina sulla spiaggia, quasi naufragammo con il piccolo cabinato che avevamo noleggiato per la giornata, ci facemmo portare in salvo da un gruppo di veneti più caciaroni di noi, solo con vent'anni di più, caciaroni con esperienza.

Vivemmo momenti di eccezionale affiatamento: pigri pomeriggi su scogli roventi, a caccia dell'ombra sfilacciata della pineta, ore di lunghissime chiacchiere tra ragazze, osservando i maschi che giocavano a beach-volley, i piedi tagliuzzati dalle conchiglie, l'odore di cocco della crema solare. La sera, dopo la doccia e qualche aperitivo nelle terrazze delle nostre camere in affitto, modeste ma impreziosite dai fiori, uscivamo alla ricerca di un ristorantino dove mangiare buon pesce. Flirtai con un tipo che si era aggiunto all'ultimo minuto alla compagnia: Matteo, ben piantato, muscoloso, un po' troppo pagliaccio per i miei gusti. Cercai di farmelo piacere, per non avere la sensazione di buttare la mia preziosa estate, ma in realtà mi lasciava indifferente, e quando iniziò a farsi troppo gentile, probabilmente allettato dalla mia disponibilità, divenni scostante e antipatica. Lui non era tipo che perdeva tempo: quando intuì che non avrebbe concluso nulla con me, mi scartò senza rimpianti, e terminammo la vacanza parlandoci a stento.

Sentii poco Ani, quasi per niente Ciser, così come mi ero proposta.

Al mio rientro a Trieste ero quasi stordita. Avevo la sensazione, come dopo ogni ritorno, che la vacanza mi avesse cambiata, ed ero decisa ad aggrapparmi all'idea della nuova me, una me dai contorni indefiniti, più vasta, più libera. Il mare aveva lavato i miei fardelli. Il pensiero di Piero mi aveva tormentata costantemente, ma con fatica, combattendo, riuscivo ad isolarlo nel retro della mia testa non appena mi si affacciava, forzandomi a pensare a altro. Il cuore lo avrei addomesticato, dato che dovevo. Gli avevo permesso di dominarmi, adesso era il momento di riprendere in mano il comando.

Ero a Barcola, per una birretta con mia cugina, che mi stava raccontando del suo Ferragosto ad Ibiza, a godermi gli ultimi tre giorni di vacanza, quando Piero mi scrisse: 'Ma sei sempre in ferie?' con un codazzo di faccine sorridenti.

Adesso si chiedeva se ero ancora viva, il coglione.

Non potei impedirmi di essere felice per il messaggio. Come potevo altrimenti? Ma non gli avrei risposto. Improvvisamente, quelle poche parole avevano di nuovo spostato l'ago della bilancia, riequilibrato le energie del cosmo. Non sarei stata io ad aspettare la sua risposta, sarebbe stato l'opposto.

Non credevo l'avrebbe più fatto, non credevo mi avrebbe più cercato. Si annoiava? Probabile. Le ferie con la fidanzata lo avevano annoiato? Mi pensava, però. Ero lontana, e pensava a me. Come non esserne felici?

E riscivolare in quel gioco sarebbe stato così facile, come infilare un guanto ammorbidito dall'uso, le cui forme seguono perfettamente la tua mano. Rispondergli, che tentazione. Ma lunghe giornate di relax mi rendevano forte. Ce la potevo fare, sì, ce l'avrei fatta.

E, grazie ad un piccolo messaggio di poche parole, mi sentii potentissima.

SETTEMBRE

Tutti di ritorno sui banchi di scuola, come alunni obbedienti. Il caldo stemperato dal primo venticello di autunno, le abbronzature troppo cariche, la pelle infiammata dal sole, i visi pieni e distesi di chi in vacanza si è riposato, ha bevuto e mangiato.

Ani sembrava una cubana, da tanto era abbronzata, gli occhi chiari che lampeggiavano nel viso color cioccolato. Era completamente rilassata, e come me eccitata per le novità che l'autunno ci avrebbe riservato.

Il pancino di Fede si era fatto evidente. Avrebbe sfruttato i primi giorni del rientro, approfittando del fatto che molti tra colleghi e clienti erano ancora in ferie, per parlare a Salva con calma. Inutile dire che, con la scusa dei capelli sfibrati dal sole, passò a farsi la messa in piega prima del colloquio. Il risultato fu che ci raccontò emozionatissima di come Salva le avesse fatto i complimenti per quanto era raggiante, e che sarebbe stata una mamma bellissima, e scordò di dirci come avrebbero programmato la sua futura assenza, in previsione del suo passaggio alla formazione. Dall'espressione estatica che sfoggiava, ne deducemmo che la sua gravidanza non aveva messo a rischio l'avanzamento di carriera.

Cati era stata in campeggio con delle amiche, aveva flirtato parecchio con un tipo di Torino a cui, alla fine della vacanza, aveva comunicato che non credeva nelle storie a distanza, seccandolo sul colpo. Rinunciai ad approfondire. La speranza, con lei, mi stava abbandonando.

Non potevo negare di essere emozionata al pensiero di incrociare Piero: ogni mia risoluzione si sarebbe scontrata con la realtà. Dovevo essere uno scoglio contro le onde. Lo vidi da lontano, forse mi lanciò un'occhiata. Si stava domandando perché non gli avessi risposto? Avrebbe fatto qualcosa?

Occhi bassi, rimasi con le mie amiche, lontano dai posti dove si muoveva di solito, attenta a non incrociarlo, decisa a evitarlo a qualunque costo.

Ci ero quasi riuscita. Ma c'era sempre quel quasi che mi fregava.

Infatti, nonostante funamboliche acrobazie per evitarlo, mi beccò all'ascensore, mentre stavo organizzando con Fede una cena di benritrovate. Quando salutò, Fede rispose, io continuai a parlare imperterrita, sperando che gli fosse chiaro che ce l'avevo con lui.

Mentre lasciavo l'ufficio per raggiungere la macchina, mi arrivò il suo messaggio. 'Non si saluta più?'. Aggiunse qualche faccina che mostrava la lingua.

Mi presi tempo per raggiungere la mia macchina. Ecco la mia occasione per parlare, l'unico modo che mi aveva lasciato per comunicare con lui, lui che mi evitava di persona.

'Sei arrabbiata con me?'

'Giocare con te è divertente, ma quando sparisci mi

fai girare le palle', gli scrissi. 'Vogliamo cose diverse, meglio chiuderla qua.'

Ogni parola era come staccarsi un pezzo di pelle a vivo, ma avevo bisogno di farlo. Si era preso troppo spazio nel gioco tra di noi, era venuto il momento di riportare l'equilibrio.

E io, che in questo rapporto mi sentivo indifesa, priva di qualsiasi arma, in totale balia dei suoi umori, potevo fare solo quello: allontanarmi da lui, lasciarmelo alle spalle anche se mi costava, anche se avevo una paura maledetta, ma era il mio piccolo moto di orgoglio, non per rivincita, ma per necessità, per impedire che continuasse a ferirmi.

Lo avevo detto. Ci ero riuscita.

'Si scherza, dai, mi dispiace se te la sei presa. Scusami, sono stato frainteso. Ma almeno continuiamo a salutarci! A domani.'

Il cielo mi cadde addosso fragorosamente, schiacciandomi a terra. La realtà, polverosa e grigia davanti ai miei occhi, si sfumò. Mi accorsi solo dopo che stavo piangendo.

Qualche ora di commiserazione, ma ero orgogliosa di me per quello che avevo fatto. In questo strano non rapporto, era stata la mia unica decisione. L'unica possibile, ovviamente non era quella che avrei desiderato, ma avevo dovuto farlo. La speranza, sotto sotto dovevo ammetterlo, era che le mie parole lo spingessero a pensarci su, a rendersi conto che teneva a me, che mi desiderava, ma in fin dei conti quella era una scelta sua, su cui non potevo influire. Ma riconoscevo con me stessa che non mi aveva mai inseguita con tenacia. La mia ultima carta non valeva un granché.

La mia ragione continuava a parlare al cuore, spiegandogli che doveva voltare pagina, doveva lasciar andare Piero, che il mondo era pieno di occasioni, che dovevo continuare la mia strada, ma la prospettiva che saremmo diventati due estranei, due perfetti sconosciuti era talmente deprimente che i giorni a venire mi parvero tristi e privi di significato.

Ani mi sostenne. «Adesso vediamo cosa fa», mi disse.

Aveva capito perfettamente cosa volevo, in fondo in fondo.

Facevo fatica a confrontarmi con lei e Ciser, tanto felici e innamorati. Lui con me era molto dolce, era come se straripasse di così tanto amore per Ani che gliene avanzasse anche una buona fetta per me.

Ani, un venerdì sera, ci scrisse allegra che si era presa un paio di giorni di ferie, la settimana dopo, siccome l'azienda ci aveva chiesto di smaltire un po' le ore di permesso che mensilmente accumulavamo. Le augurammo tutte di divertirsi, e organizzammo un aperitivo per la settimana dopo, quando sarebbe tornata. Non ci disse cosa avrebbe fatto, e pensai vagamente di chiederglielo, ma poi mi passò di mente. Mi distrasse l'ingresso in Area Vendite di una mia vecchia amica, Michela, ex compagna di università. Avevamo frequentato un sacco di corsi, ma siccome era di Gorizia, e il suo fidanzato era delle sue parti, eravamo uscite poco la sera. Di solito, veniva a Trieste in treno, per poi rientrare alla fine delle lezioni, ma avevamo dato assieme molti esami, e ci eravamo strette la mano nel panico in più occasioni, prima di affrontare il nostro turno durante le sessioni. Le prime due settimane avrebbe fatto la formazione, come per ogni nuovo ingresso, e volevo aiutarla a sentirsi a suo agio nel nuovo posto di lavoro siccome era piuttosto timida, quindi mi premurai di presentarle un po' di gente. La mia raccomandazione numero uno, ovviamente, fu: «Puoi guardare tutti i ragazzi, salvo Piero. Quello non toccarlo o non ti parlo mai più», la avvisai, ridendo. Certo, tra di noi non c'era nulla e non avevo alcun diritto di dirle certe cose, ma eravamo in confidenza tale da poterle raccontare che ci tenevo ancora. Lei era più che convinta a non causare casini, appena arrivata, e mi disse ridendo che non avrebbe mai stuzzicato il ragazzo di un'amica. Era innamorata del suo fidanzato, ma era carina e le piaceva scherzare e ricevere attenzioni, come a me, e sapevo che Piero si lasciava tentare facilmente dalle grazie femminili, dunque preferivo non soffrire più di quanto non lo facessi di già. Mi rendevo vagamente conto del fatto che stavo ingigantendo il fascino che Piero poteva esercitare sul genere femminile, ma era inevitabile: a me pareva spiccare tra tutti i ragazzi dell'ufficio, sembrava assurdo che gli altri non lo vedessero allo stesso modo.

Eccitata dall'arrivo di Michela, solo il martedì mi accorsi che, oltre ad Ani, anche Ciser era desaparecido. Insospettita dal silenzio radio, alla prima pausa le scrissi.

'Buongiorno patata, come proseguono le ferie? Che stai facendo?'

Dopo qualche minuto, Ciser mi mandò una foto: loro due, abbracciati stretti in Piazza del Duomo, a Pisa.

'Un bacio dalla romantica Toscana', mi scrisse. Una fuga d'amore, ecco dove erano finiti.

'Bravissimi', gli scrissi, con tante faccine divertite. Non me la sentivo di dire di più.

Nelle settimane successive, Piero rimase nel suo angolino, muto e distante. Salutava, mi guardava, non si avvicinava mai.

Lorenzo fece in modo di assegnarmi una rete di broker da seguire, in Friuli e in Veneto, mentre lui mi faceva da supervisore. Avrei gestito inoltre i nuovi ingressi, previa valutazione da parte della direzione. Il mio contratto era ancora in fase di trattativa, quindi provvisoriamente mi compensavano le trasferte, che in realtà si trasformavano in ore lontane dalla cuffia che non maturavano provvigioni, con un bonus giornaliero. Lavoravo di più, la mia busta paga non era cambiata, ma era entusiasmante.

Per non dover inseguire la macchina aziendale, che serviva a tanti, mi facevo rimborsare i chilometri che percorrevo con la mia piccola utilitaria. Con la firma del nuovo contratto sarebbe arrivata una vettura aziendale in pianta stabile.

Uscire dall'ufficio era corroborante. Mi allontanavo da lì cercando di correre più veloce di tutti i pensieri che tentavano di raggiungermi. Da sola, radio a palla, il muso della mia macchina che divorava la strada, un incarico di cui sentivo il peso della responsabilità, e soprattutto la sensazione di non avere più la cuffia in testa, come un guinzaglio che mi aveva incatenato troppo a lungo; girare mi rasserenava. Non avevo mai fatto trasferte di lavoro, in quella che era stata la mia limitata esperienza, e dovevo costringermi a frenarmi per non parlarne in continuazione ai miei amici, tanto era il mio entusiasmo.

Una tarda sera di settembre rientrai a casa piuttosto tardi da Marcon: ero stata da un broker storico, che veniva seguito direttamente dalla direzione, ma che Lorenzo mi aveva mandato a conoscere, con cui avrei collaborato in veste di semplice fattorino: battendo la zona, mi avrebbero affidato modulistica da consegnare di tanto in tanto.

La direzione inoltre riteneva utili dei sopralluoghi periodici, per verificare l'andamento dell'attività, accertarsi che l'agenzia trasmettesse la giusta immagine, e per dare la possibilità, con la presenza di un incaricato, di chiarire ogni eventuale dubbio potessero avere. Avevo appena finito di struccarmi e stavo per stapparmi una birra, quando Ciser mi scrisse. 'Ti posso telefonare?'

Prevedendo problemi, mi sistemai comoda sul divano e lo chiamai.

«Che succede?»

«Credo che tra me e Ani sia finita», mi disse, lapidario.

«Ma che stai dicendo?» chiesi, allarmata.

«Abbiamo litigato di brutto.»

«Beh ma non può essere così grave.»

«Mi sa di sì.»

«Racconta», lo esortai, cercando di disinnescare la sua ansia.

«La solita storia: vorrebbe smetterla di nascondersi, ma le ho spiegato un milione di volte che la direzione è contraria alle relazioni tra dipendenti, che è meglio aspettare un altro po', che lei stessa ha voglia di vivere la nostra storia con leggerezza, non è il momento di ufficializzare nulla!»

Questa storia della segretezza iniziava a diventare stantia. Ormai non ne capivo più il senso nemmeno io. Mi pareva normale che Ani iniziasse ad incaponircisi. Di sicuro però, dopo un weekend romantico, non immaginavo che parlassero addirittura di rottura.

«Io cerco di essere presente con messaggi, telefonate, regali, e lei dice che tutto questo, invece di farle sentire la mia presenza, la soffoca», proseguì lui.

Mi pareva probabile. Potevo immaginare l'andazzo: un amore che ti assorbe ogni energia, che ti sovrasta, che si insinua in ogni tuo respiro.

«Ma scusa, sono mesi che giocate a Brenda e Dylan, non credo che abbia sbottato improvvisamente... non è che la vedi più nera di quello che è?»

«Dice che le mie attenzioni la fanno sentire sotto pressione.»

«Ascolta», cercai di rimediare «È la vostra prima litigata?» domandai.

«Seria sì.»

«Allora stai tranquillo, probabilmente l'hai presa in un momento in cui era tesa e ti ha detto delle cose più bruscamente di quanto intendesse.»

«Forse le è uscito solo quello che pensava realmente.»

Ci pensai su. «Può essere che si sia creata una piccola crepa, qualcosa su cui lavorare, ma non significa che sia così grave. Le relazioni non sono o bianche o nere. Che ti ha detto?»

«Io cerco di fermarmi dopo il lavoro con lei, appena posso. Ci vediamo in un bar di Gretta, dove non rischiamo di incontrare qualcuno che ci conosca.»

Tutte queste manovre mi sembravano veramente eccessive. Capivo come potesse sentirsi Ani... era carina, piena di vita, probabilmente avrebbe potuto avere altre relazioni più appaganti... al di là dell'onda della passione, le scelte di Ciser sembravano una forzatura. Ancora una volta, mi chiesi se la realtà era tutta come la raccontava.

«È vero che le cose sono difficili, ma lei ha scelto te... questo vorrà pur dire qualcosa no?»

«Abbiamo vissuto una primavera e un'estate incredibili... perfetta sintonia, mai una lite, momenti indimenticabili... la Toscana poi, è stata stupenda... per mesi siamo stati la coppia più bella del mondo... ma mi pare stia cambiando tutto», disse, tristemente.

«Coraggio, se siete stati così bene fino ad ora non è proprio possibile che alla prima lite finisca tutto. Metti le cose in prospettiva. Se dice che le tue attenzioni la soffocano, cambia registro. Cerca di capire come vuole che tu le stia vicino. Non pensi che ci sia spazio per lavorare su questo?»

«Ma chiederle dov'è, cosa sta facendo, è una forma di attenzione.»

«Ma anche di controllo», puntualizzai.

«Dici?»

«Magari devi solo cambiare i toni: piuttosto che chiederle cosa sta facendo, dille solo che speri che si stia divertendo, e che vorresti essere con lei. Ci vuole poco.»

Lui ci pensò su. «Ma la situazione rimarrebbe la stessa.»

«Magari le cose sono un pochino complicate, inizia a lavorare su certe sfumature. Un sentimento non cessa da un giorno all'altro, bisogna prendersene cura. A volte serve una piccola scossa per capire cosa fa sentire meglio l'altro.»

Ero brava in queste cose. Forse per la mia tendenza all'introspezione, per la mia mania di psicanalizzare tutti, forse per la quantità di libri che leggevo, quando non ero coinvolta in prima persona mi riusciva bene leggere certe situazioni. E, sebbene avessi paura di dare consigli, di solito le mie diagnosi ci azzeccavano abbastanza. Se almeno fossi stata così brava anche con me stessa...

Ci impiegai un'ora buona a calmare Ciser, a fargli vedere le cose da un'altra prospettiva. Sinceramente, non potevo credere che tra loro fosse realmente finita. Immaginai che fosse solo stato colto dal panico.

Mi salutò con molti ringraziamenti. Mi stupiva il fatto che eravamo arrivati a un punto in cui era lui a confidarsi di più con me. Io mi sentivo a disagio a fare domande. Pensavo che ero lì, se avevano bisogno. Ma una coppia innamorata non ha bisogno di nessun altro, se non quando ci sono problemi. La sensazione di pancia che mi rimase addosso, comunque, era che niente li avrebbe potuti salvare.

OTTOBRE

Lo screzio tra Ciser e Ani si era riassorbito velocemente, ma avevo l'impressione che la favola fosse un po' appassita. Continuavano a lanciarsi sguardi melensi nei corridoi, mentre fingevano indifferenza nel parlarsi, ma vedevo Ani diventare insofferente al continuo martellamento di messaggi. Una mattina, prima di collegarsi, mi raggiunse alla postazione e planò scomposta sulla sedia accanto alla mia.

«Non ne posso più. Questa settimana, secondo lui, non ne ho fatta una dritta. Lunedì, sono andata a bere una birra con mia cugina e non ho risposto ai suoi messaggi per tutta la sera, martedì mi ha fatto trovare un tramezzino pagato al bar, ma io non sono stata abbastanza riconoscente, ieri era il nostro mesiversario e mi ha portato una caramella, io nulla, in realtà me ne ero proprio dimenticata, e giù un pippone. Ma che palle! Dove è finita la leggerezza? Aggiungici sta fissa che ha lui di non far saper di noi, e ho proprio raggiunto il colmo!»

In effetti ero pienamente d'accordo con lei. Ani era il tipo che arrivava in ritardo, dimenticava le cose, girava con il cellulare scarico, senza contanti e con il serbatoio vuoto, la classica persona che infilava le mutande al contrario, ma aveva cuore, che controbilanciava le sue pecche, e te la dovevi far andar bene come era. Impazzire per cambiarla significava non aver capito nulla di lei. Era un peccato, oltre che inutile.

«Prenditi tempo per sbollire, lascialo un po' a riflettere, ne parlate quando siete un po' più calmi.»

«O stiamo bene insieme, altrimenti ciaone.»

Era parecchio infervorata, e mi stupì. Lui doveva averle segato parecchio i nervi. Le posai la mano sul ginocchio.

«Non correre. Sbollisci, poi affrontalo.»

Annuì, poco soddisfatta, poi si alzò per raggiungere la sua postazione. Sospirai, afflitta. Il mio posto, in mezzo a quei due, stava diventando piuttosto scomodo.

Piero ed io ci scambiavamo saluti stitici, senza mai nulla di più. Entravamo nell'autunno, cercavo di concentrarmi sulle cose nuove che dovevo imparare, Lorenzo mi metteva un sacco di pressione addosso, o forse me la mettevo da sola, decisa a far bene e a liberarmi definitivamente della cuffia.

'Ho una brutta notizia', mi scrisse Ani in Skype una mattina.

'???????' risposi velocemente.

'Ai corsi di formazione della settimana prossima Piero è in turno con noi, io te e Cati. Ho visto il calendario.'

Mi bloccai, paralizzata.

Ma perché caspita doveva essere tutto così difficile? Pareva che mi mancasse sempre un ultimo ostacolo da superare. Era già tanto faticoso combattere ogni giorno con la convinzione inconscia di non essere stata abbastanza, che non riuscivo a vincere, vederlo, e sentirmi esclusa da tutto quello che lo riguardava, di essere messa da parte, smaniosa di stare accanto a lui, e al tempo stesso in un altrove lontano.

Il corso sarebbe durato sei giornate, sei ore per due volte alla settimana. Una pesantezza senza fine.

Era come se mi venisse negata la possibilità di dare un taglio netto alla mia non storia, ma fossi costretta ad attraversare un labirinto di cui trovare l'uscita non era così semplice, di cui non avevo alcuna mappa. La sensazione di dovere purgarla fino alla fine. E la consapevolezza che la causa di tutta questa inutile sofferenza fosse solo la mia stupidità.

Mi toccava un'ultima prova, dunque. Prima della fine di questo corso maledetto, non sarei riuscita a considerare chiusa, nella mia testa, questa faccenda. Ero prigioniera di una serie di pensieri da cui non riuscivo a districarmi. E per quanto chiaramente vedessi la situazione, non trovavo una via d'uscita.

Rimandai quindi la fine ultima della mia sofferenza al termine del corso, anche se era come concedersi un'ulteriore proroga a una vicenda che doveva essere già bella che terminata.

Incappai per caso in qualche frase di Cati buttata lì con noncuranza. «Piero ha detto che ci sediamo vicini, portiamo caramelle e cioccolatini per tirar sera.»

Chattavano spesso, ed era una cosa recente. Mi infastidii, mi ingelosii moltissimo. Come era nata quell'amicizia? Che tipo di rapporto avevano? A lui poteva piacere?

Ovviamente, studiai nei dettagli abbigliamento, atteggiamento e frasi possibili. Attesi la prima giornata di corso con ansia esagerata. Arrivai in ufficio con capelli curatissimi, trucco perfetto, un vestitino nuovo, nervosa e vagamente isterica. Non ero abituata ad averlo vicino, era emozionante, sapevo che mi faceva male ma ero contenta. In un certo qual modo, ero felice perché mi sentivo viva. Quando riconoscevo la gioia di provare quel tornado di emozioni, il piacere del batticuore, sapere che quei momenti si sarebbero stampati a colori vividi nella mia memoria, pensavo che tutta quella sofferenza, tutto quel dispendio di energie non erano stati sprecati, che tutto sommato ne era valsa la pena.

Entrai in aula prima di tutti, deposi penna e quadernetto in fondo, poi uscii per prendere un caffè prima dell'inizio del corso. Lasciavo che il caso decidesse se saremmo stati vicini o meno. Incrociai Piero fuori dall'aula, mi rivolse un'occhiata interdetta, come a disagio per la mia presenza.

Il formatore era un omino rotondo e sorridente; una volta tanto, la direzione ci aveva risparmiato seriosi professoroni ultra-convinti delle loro tecniche di persuasione.

Quando rientrai in aula dopo di lui, mormorando un ciao di buona educazione rivolto a tutti, vidi che Piero mi si era messo di fronte. Non lo guardai. Non lo guardai mai. Non gli rivolsi mai lo sguardo, nemmeno per sbaglio. In questo ero una maestra. Decenni di addestramento con amiche con cui avevo bisticciato mi avevano addestrato nell'arte di ignorare qualcuno. Percepivo la sua presenza come fosse una fonte di calore, un fuoco che scottava; non avevo bisogno di usare i miei occhi per seguire ogni sua mossa.

Sentivo il suo sguardo su di me. Lo sentivo come una carezza bruciante, davanti cui io acquisivo significato.

Il suo guardarmi era un ponte tra di noi, che attraversava i suoi silenzi, il suo sfuggirmi, il suo non volermi. Dovevo fidarmi dei suoi occhi? Ma, riflettevo, che senso aveva raccontarmi la verità? Potevo semplicemente trasformare il nostro stallo in una romantica impasse, davanti al suo mutismo potevo raccontarmi la storia che volevo. Il suo comportamento suggeriva la massima indifferenza, i suoi occhi parlavano al mio cuore, e potevo scegliere a quale storia credere, pur sapendo che una versione mi avrebbe permesso di dare un taglio doloroso ma netto, mentre l'altra mi avrebbe tenuta dolcemente incatenata ad un'idea reale solo nei miei sogni.

Le ore passarono lente quanto rapide, un fulmine in cui non riuscii a capire nulla di gestione delle obiezioni, di domande aperte e nuova normativa. *Ma chissenefrega*, pensai. *Oggi butta così, non posso fare di meglio. Domani mi sforzerò di più.*

Al termine della giornata, mi fermai per un aperitivo con le Ganze. Il tempo ormai era virato decisamente verso l'autunno, scegliemmo quindi una birretta al chiuso, da Urbanis. Ovviamente, ero sfinita. Attaccai la mia bionda senza nemmeno avere la forza di fare fondo prima con qualche patatina. *Domani*, pensavo, *domani rimedio.*

«Allora, com'è andato il corso?» chiese Fede.

«Pesante», rispose Cati.

«E Piero?»

Sollevai le spalle, per rispondere 'che ti devo dire'.

«Lui ti guardava», mi disse Ani. Lo avevo capito, ma mi fece piacere che lo dicesse, che confermasse la mia sensazione. «Allora ho guardato te, per vedere se c'era gioco di sguardi, ma tu niente.»

«Se mi guardava è coglione due volte», sbottai, minimizzando. Lo pensavo davvero. Mi vuoi o no, razza di cretino?

«In ogni caso, io non ho capito un tubo.»

«Eri troppo impegnata», rise ironica Fede. Verissimo. La sua presenza mi aveva stordita completamente, tutti i miei sensi erano rimasti rivolti a lui, tranne gli occhi. Non avevo voluto dargli questa soddisfazione.

La serata mi tranquillizzò: il solito mix di amiche e di alcol aiutò a sciogliermi, e rendermi più serena. Che bello poter contare su di loro per una risata, per una confidenza, con la certezza che mi avrebbero difesa sempre, che il lui di turno sarebbe sempre stato un mega coglione.

Ani, di tanto in tanto, sbirciava il telefono. La faccenda era noiosa come sempre, ma tacqui per non dar voce alla mia invidia. Mi consolai, un po' meschinamente, pensando che una persona come Ciser era perfetta come amico, ma non mi sarebbe piaciuta come compagno. Fin troppo presente, fin troppo pressante. Forse per questo ero attratta da persone molto sfuggenti. Gli spazi segreti della mia testa dovevano restare miei e miei soltanto, e volevo mantenerli inviolati: i miei pensieri, svagati, distanti, scollati dalla realtà, sarebbero rimasti sempre la parte più vera della mia esistenza.

Parlammo di Fede e del corso preparto che stava frequentando, dell'esilarante esercizio che le aveva proposto l'ostetrica per mantenere l'elasticità del pavimento pelvico (provai anche io ad immaginare di snocciolare una ciliegia con i muscoli genitali, ma le risate mi distrassero), degli acquisti folli che i suoi stavano facendo da Prenatal per il corredo dell'erede.

Cati ci raccontò dell'ultimo tizio conosciuto su Tinder, che la risvegliava ogni giorno con buongiorni zuccherosi ma sembrava completamente privo di senso dell'umorismo. Le consigliammo di conoscerlo, prima di esprimere un giudizio. Riflettei che la mia timidezza, la mia capacità di espormi non mi avrebbero mai permesso di usare un social dove partivi dal presupposto di essere alla ricerca di un compagno. Per me era fondamentale non svelare agli altri il mio interesse nei loro confronti, per proteggere la mia debolezza. Se fossi riuscita a credere di più in me stessa, ad avere meno paura degli altri, avrei compiuto la mia liberazione.

Andai a casa ancora su di giri, mi infilai a letto stanca ma con la certezza che avrei fatto fatica a dormire. Nemmeno la birra, che di solito mi stendeva, mi avrebbe anestetizzato quella sera. All'idea che domani mi sarebbe toccato il secondo round rimasi sveglia a lungo, rigirandomi tra le coperte, l'immagine di Piero davanti ai miei occhi, a tormentarmi di desiderio.

La mattina dopo rifeci la mia stessa identica mossa: sistemai blocco e penna al mio posto, poi uscii per prendere il caffè. Tenni d'occhio il formatore, scambiando qualche chiacchiera senza peso con le altre compagne di corso fuori dall'aula, come sempre acutamente consapevole della presenza di Piero, un pianeta dalla cui forza di gravità non riuscivo a fuggire. Quando entrammo tutti per l'inizio del corso, raggelai. Aveva scelto la sedia accanto alla mia.

Partì un filmone mentale sulle sue motivazioni: distratto, aveva scelto quel posto per caso, incappando in una botta di sfiga? O voleva starmi vicino?

Era teso accanto a me, non pensavo proprio che gli fosse sfuggito che saremmo stati vicino. Oscillavo tra due spiegazioni: tendevo a credere che fosse ancora attratto da me, nonostante non abbastanza da volerci provare sul serio, o forse senza sentirsi sufficientemente a suo agio per farlo, oppure, poteva anche essere, era molto più furbo di quanto pensassi, e godeva a tenermi sulle spine, a esercitare il suo controllo su di me, a provare a se stesso che la sua sola presenza mi mandava in aria. Era un'ipotesi che volevo considerare. Ma di pancia, sentivo che non era così. Non riuscendo a sbrogliare le mie congetture, sedetti al mio posto, con tutto l'entusiasmo di un condannato al patibolo.

Lanciai un'occhiata drammatica ad Ani e Cati, sedute di fronte. Ani stava evidentemente per ribaltarsi dalla sedia da tanto le scappava da ridere. Le rivolsi un finto broncio veloce. Piero e io non ci rivolgemmo nemmeno un'occhiata, mentre silenziavo il telefono e lo posavo sul banco accuratamente a faccia in giù, certa che le mie amiche mi avrebbero travolta di messaggi. Percepivo le ondate di ironia che arrivavano dalla loro parte.

Eravamo in fondo all'aula, io e lui. Noi, una volta tanto. Il formatore predicava dal lato opposto, concedendomi di poter rimanere voltata, dando quasi le spalle a Piero.

«Per mantenere le vostre giovani e prestanti menti sveglie durante questa nuova, lunga giornata di corso», annunciò garrulo, «stamattina vi ho preparato un lavoretto a coppie: uno di voi dovrà tentare di vendere all'altro una garanzia accessoria, per ogni gruppo una diversa, l'altro dovrà opporre delle obiezioni motivate. Voglio che tracciate obiezioni e risposte su un foglio, che poi condivideremo con resto dell'aula.»

Secondo infarto della giornata. Piero ed io eravamo gli ultimi della fila, per forza avremmo dovuto lavorare assieme. *Fanculo, fanculo, fanculo*, pensai. Afferrai il telefono e digitai alle Ganze 'Questo è un incubo'. Ani e Cati mi risposero subito con una sfilza di facce che ridevano. 'Che succede, che succede?' si inserì subito Fede, l'unica a cui la formazione era capitata in altre giornate.

Riposi il telefono di nuovo a faccia in giù, certa che le battute si sarebbero sprecate, che per le mie fanciulle sarei stata lo show della giornata, e guardai Piero. Pareva che avessimo entrambi un paletto infilato nel sedere. Di certo, non ricordavo l'ultima volta in cui mi ero sentita così a disagio.

Il formatore ci consegnò un foglietto, su cui era descritta la garanzia di cui dovevamo discutere; a noi era capitata la miniKasko.

Lessi le due righe di introduzione al lavoro, che il formatore aveva sinteticamente tracciato, con toni lievemente ingenui.

Piero, muto.

«Ok», dissi, prendendo in mano la situazione. «Preferisci fare il cliente o il venditore?»

«Quello che vuoi tu.»

«Io vendo, tu compri?» proposi.

Annuì.

Iniziammo, pensare era difficile. *Cazzo, concentrati*, mi dissi, tentando di evitare di fare la figura della scema. Lui rispondeva a monosillabi, a disagio quanto me.

«Ma secondo me da venditori dovremmo cercare di tirare dietro ai clienti la Kasko, che costa il triplo», osservai.

«È questo che fai in cuffia? Li raggiri facendoli spendere di più e poi scrivono a me per reclamare?» mi sfotté.

«Il tuo lavoro dovrebbe essere di sostenere le mie ragioni.»

«Io non me la comprerei la Kasko, il prezzo non vale il rischio.»

Indossai la veste della consulente. «Non devi pensare al costo della garanzia, devi pensare ai vantaggi. I problemi che avresti di fronte ad un sinistro grave. Siamo tutti in grado di provvedere a un piccolo incidente, mentre lo scopo vero dell'assicurazione è proteggerti in caso di esborsi significativi. Non è così facile tirare fuori trentamila euro se distruggi la macchina.»

«Caspita, mi hai quasi convinto.»

Mi rilassai visibilmente. Era bello scherzare con lui. Gli feci una smorfia, dietro a un mezzo sorriso. «Secondo me provando ad indirizzare il cliente su di una garanzia migliore dimostriamo proattività. Ricordi quello che ci ha suggerito il formatore ieri? Proattività!»

«Dormivo quando lo ha detto.»

«Già, dormivi», risposi, guardandolo negli occhi.

«A volte è necessario per recuperare le energie.»

«L'importante è sapere quando tirarle fuori, le energie.» Cercai di ammorbidire le mie parole con un sorriso.

«Quando servono ci sono.»

Lo guardai senza rispondere, cercando di adescarlo col mio silenzio.

«Anzi, sono talmente tante che non so come dissiparle.»

Lo immaginai mentre dissipava energia, e mi sentii arrossire. «Sprizzi energia, insomma», commentai.

«Tanta energia», confermò.

Mi guardava fisso negli occhi, ma col corpo rimaneva rigido, distante da me, le braccia strette lungo i fianchi, senza gettare alcun ponte nella mia direzione.

«E pensare ero convinta tu funzionassi a corrente alternata.»

«Dici? Magari no. Magari sì.»

«Non saprei.» Non saprei perché non so nulla, di te. Non ci ho capito nulla, di quello che vuoi, di quello che pensi.

«Al bisogno, l'energia non manca. Sempre pronta ad accendersi.»

Mi stai invitando ad accenderti? O mi stai facendo capire che fai sempre e solo il cavolo che hai voglia di fare?

«Ecco, quello che dobbiamo saper fare, da bravi commerciali, pronti a cogliere empaticamente il desiderio di chi ci sta di fronte, è manipolare l'energia del cliente per direzionarla dove vorremmo, quando vorremmo.»

«Io rispondo ai reclami», mi ricordò.

Esitai. Il suo seguito fiacco aveva spezzato il ritmo, deviando la direzione del discorso.

«Appunto», lo catechizzai. «Devi saper trasformare un cliente insoddisfatto in un cliente innamorato di noi.»

«Lo sai quanti insulti sento?»

«Secondo me se ne vanno amandoti.»

Si coprì gli occhi con la mano, scuotendo la testa. Lo avevo quasi fatto ridere. Ridacchiando a mia volta, gli diedi un lieve buffetto con il dorso della mano. Non avevo previsto di toccarlo, mi era scappato... gli avevo dato fastidio?

Ma quel breve scambio aveva ammorbidito il ghiaccio tra di noi. Ero contenta.

L'esercitazione proseguì e terminò, consegnammo i lavori, il formatore li commentò. Appena Piero spostò la sedia, approfittai per adocchiare il mio telefono. Ovviamente, Ani ci aveva fotografato. Ero certa che l'avrebbe fatto, perché avrei fatto la stessa cosa al posto suo. Osservai la foto intenerita, grata ad Ani che ci avesse immortalato in questo innocente ricordo. Trovai che il linguaggio dei nostri corpi fosse piuttosto esplicito. Io, seppur a distanza, ero protesa verso di lui, mentre lui era chiuso su se stesso. Quella foto, scattata di nascosto, fuori fuoco, diceva tante cose, se la si voleva leggere.

'Che fai lì, Nina?' chiedeva Fede, smaniosa di venire aggiornata sulle ultime news. 'Mi raccomando, tieni le mani a posto!'

'Una palpatina mi è sfuggita', confessai, tra faccine che ridevano.

'Ti ho vista', confermò Ani, che aveva tutta l'aria di essersi divertita molto a mie spese.

'Quegli addominali non andavano lasciati impuniti.'

'Che hai combinato?' chiese Fede, avida di dettagli.

'Niente, mi prendeva per il culo, l'ho un po' menato.'

'Ma è stato lui a sedersi vicino a te?'

'Sì sì... non so se per caso o apposta.'

‘Si vede che si era rotto di essere fissato da te seduta di fronte per tutto il giorno’, scrisse Cati. Mi rabbuiai di colpo. Era sicuramente ironica, ma la sua battuta, che si inseriva in una catena di pessime risposte, che più volte mi avevano ferita, mi confermava una mancanza di sintonia con la mia amica, che non riuscivo a capire.

Alla lezione del pomeriggio, sentii Ani comunicare distrattamente al formatore che erano subentrate delle urgenze, e che Piero non avrebbe partecipato.

La delusione mi schiacciò. Avevo immaginato un pomeriggio simile alla mattinata, piccoli passi in direzione di una ritrovata confidenza, un avvicinamento che mi avrebbe permesso di capire qualcosa in più. Invece, così come era apparso al mio fianco, altrettanto velocemente, come di consueto, si era volatilizzato.

Dopo l’euforia del giorno prima, su di me calò un cupo grigiore. Lo sapevo bene che quella noia, il peso delle giornate che si trascinavano piatte, mi avrebbe raggiunta, dopo aver vissuto poche ore così intensamente.

Mi sentivo un po’ patetica, sapendo bene che in tutta probabilità, ero stata solo io a viverle in quel modo. Ricominciò la lotta con me stessa, il tentativo di scrollarmi di dosso quella specie di dipendenza che era solo privazione, il proposito di non attendermi più nulla, di proseguire per la mia strada senza voltarmi più in direzione di Piero. Ma la formazione non era terminata, avrei avuto altri giorni, nuove prove da superare prima di definire conclusa la faccenda: lunghe elucubrazioni sul vestito da indossare, un milione di possibili scene che avrei potuto vivere. Combattere contro quel flusso di pensieri era sfibrante. Dimenticarmi di lui, mille volte al giorno.

Il pomeriggio del giorno precedente alla terza sessione, incrociai Cati alle macchinette del caffè, ci fermammo a chiacchierare.

«Domani al corso saremo pochissimi: le ragazze dei sinistri bidonano, Piero non c'è, Ani probabilmente salta il pomeriggio.»

Come un interruttore, tutta la mia eccitazione si spense. Piero non sarebbe venuto, e lei lo sapeva perché continuava a chattare con lui. C'erano mille spiegazioni dietro al loro parlarsi, ma non riuscivo a mandare giù la cosa. Non credevo che a Piero potesse piacere Cati, tanto eravamo diverse, ma potevo immaginare che a lei piacesse lui, e sommavo a questo tutte le volte in cui, con le sue uscite sgradevoli, aveva minimizzato il suo interesse per me. Ma, per quanto potessi rimuginare sulla loro relazione, quello che non potevo veramente tollerare era che lei dovesse fare l'oca proprio con lui, e senza dirmelo apertamente. Come mi sarei comportata io al suo posto? Nel caso fosse nata una simpatia con il ragazzo che piaceva a una mia amica, anche se la relazione non comportava malizia, gliene avrei parlato. Di questo ero sicurissima, perché mi era già capitato in passato di trovarmi in una situazione simile.

Quella sera lasciai l'ufficio ingobbita da due delusioni. Continuavo a ripetermi che era un bene che avessi saputo in anticipo che Piero avrebbe saltato la formazione l'indomani, altrimenti la delusione, nel non trovarlo in aula, sarebbe stata ancora più cocente.

Nei confronti di Cati provavo un fastidio quasi tangibile. Mi sfogai con Ani. «Scusa, ma non si era detto che non si pasturano gli orti altrui?» le dissi con rabbia la sera, mentre ci facevamo una birretta al volo al California, a Barcola.

«Lui è carino, probabilmente si sente lusingata dalle sue attenzioni.»

«La cosa che più mi infastidisce è che non parla chiaro. Se le piacesse, potrebbe dirmelo. Potremmo parlarne. Invece ho la sensazione che si sentano in continuazione, ma evita di proposito l'argomento. Secondo te lei gli piace?»

Ani scosse la testa. «Non mi pare che si sia lanciato in *avances* come ha fatto con te. Magari la stuzzica un po', del resto lo sappiamo tutte e due che lui sembra molto solo. Lei si sente al centro dell'attenzione, sarà solo uno svago.»

«Ma deve svagarsi con il ragazzo che piace a me? Proprio perché per lei non significa nulla, dovrebbe guardare altrove.»

«Ma Cati lo sa quanto ti piace?»

Ci pensai su. In effetti, considerando quello che era effettivamente successo tra me e lui, non si poteva di certo definire una relazione. E preferivo che nessuno, salvo pochi confidenti, sapessero quanto mi ero lasciata prendere da qualcuno per cui avevo un peso ben diverso. Forse immaginavo che un'amica lo avrebbe intuito senza bisogno di parole. Ma il problema stava sempre lì: interpretavo la realtà con il mio metro, e facevo fatica ad immaginare che le persone riuscissero ad essere così indifferenti ai sentimenti, così poco toccati da chi avevano intorno.

Non sentivo più alcun calore nei confronti di Cati. Avevo cercato di sostenerla, darle buoni consigli, essere sua amica quando avevo percepito che ne aveva bisogno, ma adesso tutta la mia simpatia sembrava essere colata nello scarico come sciacquatura di piatti. Perché mi faceva del male? Perché desiderava legarsi a lui, tra tutti?

«Cosa pensi di fare?» mi chiese Ani. «Devi parlarle.»

Avevamo già discusso delle risposte che Cati mi aveva dato in più occasioni, a cui non avevo dato una motivazione.

«Devo trovare l'occasione giusta», le risposi. «Ma ho poca voglia. Abbiamo avuto delle esperienze simili, io e lei, ci siamo trovate ad avere a che fare con ragazzi distratti, poco coinvolti, lei più di tutte dovrebbe capire che ci sto male.»

«Io non credo che lei si senta simile a te.»

Sospirai. No, probabilmente no. Ma non mi capacitavo ugualmente. Pensavo a Salva, al fatto che piacesse a Fede sebbene non avessero mai flirtato sul serio. Di sicuro gliene avrei parlato, se di colpo si fosse creato un legame extra lavorativo con lui. Magari mi sarei considerata libera di combinarci qualcosa, se lui mi fosse piaciuto, dato che con la mia amica non aveva una vera e propria relazione, ma sarei stata schietta e l'avrei affrontata, prima che il bubbone scoppiasse.

Il mio rapporto con Cati era sicuramente più importante del mio inesistente rapporto con Piero. Eravamo amiche ormai da qualche anno, avevamo condiviso molte cose. Ma al momento non morivo dalla voglia di cercare l'antica confidenza, di riconciliarmi con lei.

Forse il destino ci avrebbe dato una mano, forse no. Avrei atteso, avrei cercato di non lasciarmi innervosire. Ma il mio rapporto con lei si era svuotato di ogni calore.

NOVEMBRE

Nella settimana avrei dovuto sopportare le ultime due giornate di formazione, poi il corso sarebbe terminato. Ero praticamente certa che Piero non avrebbe partecipato. Su quattro giorni, aveva presenziato per uno e mezzo. Meglio così, nessuna scusa per rimandare l'inevitabile finale. Lasciarlo andare, scorrere via come acqua tra le mani. Ribilanciare di nuovo il mio equilibrio, senza rientrare nell'orbita di una persona che desiderava rimanermi estranea.

L'amicizia con Ani e Ciser, forse erano il risultato migliore di tutto quel casino. Aver spostato il severo metro del mio giudizio, avere imparato che si poteva essere molto veloci a parlare, ma serviva una grande sensibilità, o il bagaglio dell'esperienza, per potersi esprimere su qualsiasi situazione. O magari, non si poteva mai farlo. Forse, in un certo senso, questi mesi mi avevano migliorata. Volevo sperarlo, volevo crederlo, perché solo così acquistava tutto un senso. C'era una cosa di cui mi volevo liberare, anche se non sarebbe stato facile: il perenne senso di inadeguatezza che mi rendeva così timorosa. A volte pensavo che avevo così poca fiducia in me stessa, che la certezza del mio fallimento lo concretizzava, lo rendeva l'unico possibile finale. Ero prigioniera del mio inconscio, e quello rimaneva il nodo che avevo assolutamente bisogno di sciogliere.

La mia amica Michela aveva finito la formazione ed era entrata in cuffia: mi inteneriva, di tanto in tanto, trovare le sue tracce in campo note, vergate con attenzione, piene di dettagli, proprio una operatrice coscienziosa alle prime armi. Mi ricordava il mio passato recente. Eravamo entrambe partite da una posizione così basica che, nonostante non potessi vantare decenni di anzianità lavorativa, nel call center mi muovevo già come una veterana, la mia popolarità aumentata dalla posizione a cui stava cercando di farmi approdare Lorenzo.

Mi pareva che fosse serena, anche se rimaneva intimorita dall'ambiente e dai tanti colleghi. Sapevo che ci voleva un po' per capire come girava, per ricordare tutti i nomi, per entrare nei gruppi più divertenti, e cercavo di farle conoscere i colleghi quando potevo.

Stava legando con Ciser. Lui aveva iniziato a fumare cigarillos, di recente, Michela era da sempre dipendente dalle Diana Blu dure, e si incrociavano in saletta fumatori, al primo piano. Me lo nominava spesso, e qualche giorno prima mi aveva confidato che le sembrava che "il mio amico", come lo definiva lei, avesse qualcosa di familiare.

Una sera, mentre ero a casa, inchiodata davanti ad una serie di Netflix che avevo appena iniziato a vedere, Big Little Lies, che mi stava coinvolgendo tantissimo, mi mandò un messaggio.

'Non avevi detto che Ciser era single?' mi scrisse, aggiungendo reportage fotografico di lui al tavolo di un bar in compagnia di una moretta che aveva l'aria familiare.

'???????' le risposi via messaggio, allarmata.

'Sono nel bar di mia cugina, a San Canzian. Paparazzato!'.

Arrivò una nuova foto. Lui che passava la mano tra i capelli della ragazza, i volti vicini, le ginocchia che si sfioravano.

'Magari stavano solo chiacchierando', provai a rispondere.

Ingrandii la foto per vedere meglio la tipa, e mi resi conto che riconoscevo la faccia dalle vecchie foto di Ciser in Facebook: era la sua ex.

La fissai sbalordita. Non potevo credere che l'innamoratissimo Ciser stesse facendo il doppio gioco. Beata la mia grandissima ingenuità, la mia somma minchioneria. Lo sapevo, lo avevo sempre saputo, che c'era un disagio che non trovava spiegazione.

Nonostante la mia incapacità di fingere quando ero turbata, tentai di non darlo a vedere alla mia amica, anche per non rischiare che credesse che nutrivo interessi di altro tipo per lui, dato che non conosceva i retroscena. Ma ci rimuginai su per tutto il resto della serata, e non riuscii a smettere di pensarci. Mi pareva una cosa gravissima, e avevo bisogno di capire quale dovesse essere il mio ruolo. Dovevo dirlo ad Ani? Ma potevo veramente assumermi la responsabilità della loro eventuale, conseguente rottura? E la mia amicizia con lui in che modo mi doveva fare agire? Avevo dei doveri anche nei suoi confronti, anche se non riuscivo a trovare una spiegazione innocente per quello che avevo visto. Che ci faceva infognato in un bar di San Canzian, che pareva scelto apposta per non essere visto da nessuno di sua conoscenza? Eppure, che sfigato. Di tutta la placida provincia isontina, aveva scelto proprio il luogo e il momento in cui aveva incrociato una mia amica, che mi aveva doverosamente riportato la sua apparizione. Se non era karma questo... Improvvisamente mi parve che gli fosse scivolato di dosso un velo, dietro a cui, negli ultimi mesi, non avevo riconosciuto la persona che era. O ero solo accecata dalla sorpresa?

Stava meditando di tornare sui suoi passi e rimettersi con la storica ex? Aveva acquisito smodata autostima, tanto da sentirsi legittimato a comportarsi da tombeur de femmes e giocare un po' con la gelosia di Ani? Non trovavo una giustificazione al suo comportamento che non mi sembrasse meschina.

La mattina dopo avevo preso una decisione: dovevo parlarne con lui, per lealtà nei confronti del nostro rapporto, prima che con Ani. Non mi sentivo in diritto di intromettermi tra di loro senza prima sentire la sua versione dei fatti, nonostante mi sembrava che le foto parlassero molto chiaro, e speravo che sarebbe stato un episodio che sarei riuscita a circoscrivere e minimizzare.

Preferivo attendere che il nervoso mi passasse, perché mi conoscevo a sufficienza per sapere che, se parlavamo subito, lo avrei aggredito. Ma non ebbi il tempo di sbollire, perché la mattina dopo lui passò subito a chiedermi se ci bevevamo un caffè. Gli dissi che avevo da fare, e rimandai alla tarda mattinata.

Mi scrisse in WhatsApp. 'Tutto ok?'

Attesi a lungo prima di rispondergli. Qua non si trattava di tenergli il muso, ma di affrontare la cosa. Non ero io la parte lesa, in fin dei conti.

'Parliamo dopo', risposi.

Puntuale, passò a chiamarmi alle undici.

Ci avviammo assieme alle macchinette. «Mi dici che hai?» chiese.

«Mi dici che cazzo stai combinando?»

A farsi benedire i propositi di non aggredirlo.

«Lo sapevo che eri incazzata per qualcosa», rispose, vagamente in difficoltà. «Non sto combinando nulla, figurati.»

Mentre raggiungevamo la saletta caffè, lo guardai torva.

«La tua amica mi ha visto in quel bar, giusto? Uscendo mi era parso di intravederla, ma nel casino l'ho persa di vista. Non stavo facendo lo scemo giuro... è che io e Diana siamo cresciuti assieme, abbiamo convissuto per tanti anni, non è così facile staccare la spina da un giorno all'altro. Ma ti pare che mi metto a fare lo scemo quando ho accanto a me la ragazza più bella del call center? Mi ha chiesto di vederci, ho accettato, c'è stata una certa emozione.»

Ci rimuginai su, mentre sceglievo il caffè. «Non mi piace, Ciser, non mi piace per niente.»

«Ma cosa non ti piace? Volevo essere carino, tutto qua.»

«Ma vedila dal mio punto di vista, o dal punto di vista di chiunque, dall'esterno: dammi una sola motivazione logica per cui l'hai portata in un bar a Gorizia. Come se ti volessi nascondere.»

Lui mi guardò fisso, riflettendo.

«Secondo te uno cosa deve pensare? Dai, prova a riflettere! Se Ani avesse invitato il suo ex fuori per un aperitivo e si fossero imboscati in culandia?»

«Sarei uscito di testa», rispose, abbassando gli occhi. «Non me ne ero reso conto.»

Come era possibile? Pensai. Che avesse soltanto commesso una leggerezza?

Tacqui, riflettendo.

«Nina, non sogno che Ani», disse, a bassa voce, per non essere ascoltato. «Penso a lei in ogni istante, sto vivendo un momento incredibile, non ho occhi che per lei, non farei mai cazzate.»

«Mi pare che l'hai fatta», ribattei.

«Forse hai ragione, ma mi hai aperto gli occhi. Capisco come possa sembrare dall'esterno... è vero, Michela può aver pensato che ci fosse un ritorno di fiamma, ma non è così. Non è assolutamente così.»

«Se io me ne fossi andata dritta da Ani a raccontarle sta storia, ti avrebbe fatto il culo.»

Lui annuì con enfasi.

Sospirai. Non sapevo proprio che pensare. Fino a prima del confronto con lui non avrei mai visto uno spiraglio, e adesso non riuscivo a convincermi. Argomentò per qualche minuto che di sicuro, se avesse avuto intenzioni maliziose, l'avrebbe incontrata a casa sua, senza timore di testimoni. Il fatto che fosse stato colto in fallo era prova della sua trasparenza. Le sue parole non riuscirono a convincermi fino in fondo, quindi ad un certo punto tagliai corto per tornare in cuffia, ma continuai a rimuginarci su. Non ne avrei parlato ad Ani. Avevo lanciato un avvertimento, ma avrei cercato di stare in allerta.

Caspita, a volte la vita di un call center poteva essere veramente ricca di pathos.

Il formatore volle organizzare una cena per celebrare la fine del corso. Ci rifiutammo tutti, inventandoci le scuse più colorite. Gli concedemmo un pranzo, quello ci pesava meno. Non era una persona così insopportabile, in realtà, ma noi avevamo fame di risate in libertà, di confidenze, di buon tempo, e non potevamo sprecare nemmeno un minuto impastoiate in un pranzo di rappresentanza.

Ani prenotò un ristorantino di pesce in Gretta, che avremmo potuto raggiungere a piedi dall'ufficio, anche se aderirono in pochi. Ciser, magicamente, trovò una scusa per presenziare, soprassedendo con nonchalance allo sguardo perplesso del formatore che non apprezzava di avere perso il primato di unico uomo nel piccolo gregge femminile.

Il menù di pranzo del ristorante prevedeva un calice di vino. Con un buon primo di mare, ci concedemmo tutti un brindisi, alla formazione quasi terminata. Nonostante la ritrosia iniziale, cedetti per un bianco fermo alle bollicine, anche se l'alcol a pranzo mi abbioccava pesantemente. Approfittammo di una svista della cameriera che si distrasse nell'accorgersi che a un coperto mancava il calice, per versare il vino frizzante, e dimenticò la bottiglia del mio sul tavolo. Dopo una decina di minuti, quando venne a servirci i nostri piatti fumanti, scordò ancora di portarlo via. Il formatore prese l'iniziativa: «Io direi di approfittarne», suggerì, afferrando la bottiglia e riempiendoci i bicchieri.

Mangiando, tra una chiacchiera e l'altra, il clima si distese, dimenticammo il pomeriggio di corso che ci aspettava e scolammo il vino fino all'ultima goccia. Non bevvi tantissimo, in senso assoluto, ma la quantità sufficiente per farmi passare del tutto la voglia di concentrarmi.

Senza capire bene come, finimmo per parlare di coppie e singletudine, e di amicizia.

«Nessuna limitazione al terreno di caccia», sentenziò Ciser.

«Salvo che ci sia di mezzo l'amicizia», puntualizzai.

«Sono due cose che non c'entrano affatto!» disse Cati. La guardai storta, mentre Ani mi lanciava uno sguardo di ammonimento.

«Se un ragazzo interessa a una mia amica, io non ci faccio la scema», le dissi, augurandomi che le fosse evidente a cosa mi riferivo.

«Ma dai, non siamo damine dell'ottocento, siamo tutti adulti e vaccinati, non è che se tu hai messo gli occhi su di un ragazzo per primo quello diventa tuo di diritto.»

Ecco, lo aveva detto. E, per inciso, aveva violato una delle regole del nostro decalogo.

«Io per rispetto a una amica non andrei a fare la scema con il tipo che le piace», dissi.

«Concordo», mi sostenne Ani.

«No, dai, ma di che stiamo parlando, se una tipa piace ad un mio amico io non ci posso provare? Ma non ha senso», rincarò Ciser. Ani ed io inconsciamente ci avvicinammo di qualche centimetro, a serrare i ranghi.

«Perché non ha senso? Allora l'amicizia che valore ha?»

«Mica gli sto spezzando il cuore.»

«Come fai a saperlo?»

«Si vede che hai un cuore troppo tenero.»

«Sì, può darsi, ma mi aspetto che un amico ne abbia cura.»

Stavamo iniziando a scaldarci. Faticavo meno ad accettare le parole di Ciser perché era un uomo, e pensavo che il suo sesso vivesse i rapporti di amicizia su valori diversi, ma le considerazioni di Cati mi convinsero che ci avevo sempre visto giusto. Non si sarebbe fatta scrupolo a farsi Piero, se avesse avuto l'occasione. L'affetto che avevo per lei non si spense del tutto, ma si ammaccò pesantemente.

Arrivai in aula impensierita dalla conversazione e intontita dal vino. Senza più il giogo della tensione della presenza di Piero, la noia del corso mi piallò. Raccolsi le forze per assumere un'espressione intelligente che mi consentisse di spegnere del tutto la testa senza mancare di rispetto al formatore.

Dopo appena mezz'ora, decisi che mi serviva una boccata d'aria e uscii con fare indifferente, sgattaiolai alle macchinette a prendere un caffè. Feci il mio ingresso nella saletta soffocando uno sbadiglio così profondo da farmi lacrimare gli occhi. Davanti alle macchinette, Piero, assieme ad un collega dei sinistri di cui non ricordavo il nome, stava bevendo un caffè dal suo bicchierino di plastica.

«Ciao ragazzi», salutai, arrossendo, già in imbarazzo.

«Come stai, Nina?» mi chiese il tipo.

«Un po'provata... non posso bere a pranzo», gli risposi, con un sorriso dagli occhi piccoli, cercando di ripescare il suo nome dalla memoria.

«Avete festeggiato?»

«Domani è l'ultima giornata di corso.»

Piero mi guardava, muto come al solito.

Con la testa leggera per l'alcol, gli dissi «E tu, che fine hai fatto? Ti sei eclissato?»

«Mi sarebbe piaciuto partecipare ma ero preso», mi rispose con gentilezza, un mezzo sorriso, contento di parlare con me. «Cati mi ha detto che vuole farvi fare un test domani», aggiunse.

Alzai gli occhi al cielo: «Mi sa che faremo una gran figura.»

«Cati è una secchiona, di sicuro saprà tutte le risposte.»

«Vedremo», ammiccai. Non volevo attardarmi, non volevo appiccicarmi a loro. «Ciao ragazzi», mi congedai, tornando in aula con il mio caffè.

Durante il corso, senza seguire una parola di quello che diceva il formatore, coltivai il mio nervoso ripensando all'accenno a Cati che aveva fatto Piero. Cos'era, affascinato da lei? Non sapevo spiegarmi bene il perché, ma non provavo nessuna gelosia nei confronti della sua fidanzata, mentre questa amicizia con la mia amica mi rodeva profondamente. Ero arrabbiata, oltraggiata quasi. Per sfida, li avrei lasciati fare; non che pensassi di poter fare nulla per impedir loro di frequentarsi, o anche sentirsi. Ma pensavo, con una certa meschinità, che si legassero pure, che facessero tutto quello che gli pareva. Io sarei andata per la mia strada, lasciandoli indietro. Forse mi proteggevo con l'arroganza, forse la rabbia faceva scaturire la mia cattiveria, forse ero, banalmente, rimpicciolita dall'invidia. Avrei negato ad alta voce i miei pensieri, avrei soffocato ogni evidenza di grettezza, ma di fronte allo specchio tentavo di essere sempre onesta. Per Cati mi pareva di non provare più alcun calore. E avevo il terrore di vedermi soppiantata da lei nelle grazie di Piero. Forse lo ero già. Anzi, nelle sue grazie non ero mai stata.

Conclusi la giornata in preda a sentimenti contrastanti: da un lato ero sempre felice quando il caso mi faceva incappare in Piero e soprattutto ero contenta che sembrasse aver apprezzato che i nostri rapporti fossero più distesi, dopo la sua dipartita dal corso, dall'altro l'accenno a Cati si ingigantiva nella mia testa assumendo un significato sproporzionato.

Mi addormentai con grandi ansie e grandi aspettative sul futuro.

La mattina dopo mi preparai per l'ultima giornata di corso. Avrei archiviato anche questa, poi non avrei avuto più scuse per lasciarmi Piero alle spalle.

Lo adocchiai mentre parcheggiavo, tra gli alberi, lui infilava la macchina in un buco nella strada parallela a dove mi fermavo io. Mi vide, parve esitare per aspettarmi, io, rigida, non feci alcun cenno, lui proseguì e scomparve dietro una curva, quando fu di nuovo in vista, scorsi Cati: probabilmente era davanti a noi, lui l'aveva raggiunta, camminavano assieme, chiacchierando, lui gesticolava molto. Maledettissima me e la mia timidezza che mi paralizzava.

Li raggiunsi in atrio, all'ascensore. Salutai tutti con un sorriso, evitando di guardarlo se non di sfuggita. C'era anche Fede.

Piero si rivolse a me: «Cati mi ha detto che ha studiato ed è prontissima, così chiudete in bellezza il corso.»

«Mi sa che questo test lo faremo in team, alla faccia del voto individuale», dissi, nascondendo il mio fastidio di fronte alla confidenza di quei due.

«Chiudiamo il formatore fuori dall'aula e facciamo comunella», confermò Cati. Il suo sorriso era trasparente, schietto.

«Di sicuro qualcosa ci inventeremo», dissi, con allegria quasi forzata.

Salimmo tutti assieme, pigiati nell'ascensore, ci separammo, Fede verso la sua postazione, Cati ed io in aula, Piero in direzione del suo ufficio.

Il pomeriggio, terminò l'ultima sessione, mentre raccontavo a Lorenzo impressioni e idee sul corso appena concluso, pensavo che era finita. Che non avevo più nessunissima scusa. Il tempo di Piero era trascorso, adesso andava fatto scivolare via, senza più nulla a trattenerlo. Dovevo finalmente accettare che le mie mani rimanessero vuote, libere. Un vago senso di sollievo, un pelo di tristezza, la solita aspettativa per qualcosa che ancora una volta non era successo: non sarebbe stata una serata facile.

Decisi di uscire a correre; volevo stancare il fisico, per guadagnare una buona nottata di sonno. Non lo facevo mai, non mi piaceva nemmeno, ma l'idea di una corsa sul mare mi sembrava romantica. Ingenuamente pensavo che una venticinquenne non avrebbe faticato a trovare il ritmo, nonostante non avessi alle spalle alcun allenamento. Mi sopravvalutavo.

Dopo una buona mezz'ora, passato l'incanto iniziale, battuti i primi tentennamenti, sconfitta quella sensazione di 'adesso muoio', mentre arrancavo per rientrare verso casa, cercando di calmare il ritmo del mio respiro, incerta se scattarmi un selfie per Facebook con qualche didascalia figa o chiamare l'ambulanza per farmi portare un po' di ossigeno, sbirciai il telefono e mi resi conto che Ciser mi aveva scritto qualche decina di minuti prima.

'Finita la formazione? Com'è andata?'

'Noiosa, interminabile... quello che sono riuscita ad imparare da sei giornate di lezione si poteva riassumere in pochi minuti.'

Vidi dalle spunte che il messaggio non era stato consegnato. Peccato, pensai. Volevo rompergli un po' le palle con le mie elucubrazioni mentali.

Cenai, chiamai una mia amica dell'università che non sentivo da un po', parlammo del suo stage a Padova, mi sistemai sul divano, iniziai a guardare un film. Erano le nove e mezza quando mi scrisse Ani.

'Ma hai notizie di Ciser?'

Scorsi l'elenco delle chat e vidi che il mio ultimo messaggio non gli era mai stato consegnato. Ormai erano passate un paio d'ore. Sotto ai miei occhi, magicamente, la spunta di WhatsApp raddoppiò e diventò blu.

'È in linea adesso', le risposi.

Passò qualche minuto, poi Ani mi lasciò un vocale 'Di solito, terminato il lavoro ci sentiamo, mentre lui torna a casa, oggi non l'ho sentito, ero preoccupata, sono incazzata con lui perché è sparito e con me stessa perché mi sono preoccupata da morire.'

'Ma quale spiegazione ti ha dato?'

'Che è dovuto correre dai suoi perché suo padre aveva perso le chiavi ed erano rimasti fuori casa... insomma, sono andati tutti nel panico.'

‘Ma aveva spento il telefono?’ chiesi.

‘Non si era accorto che non prendeva.’

Non mi sembrava una grande spiegazione. Oramai i problemi di ricezione ti capitavano solo quando ti rinchiudevi in posti particolari, ma se era dovuto andare dai suoi, in viaggio, all’uscita dall’ufficio, mi pareva strano che non fosse riuscito a farle nemmeno una telefonata, o lasciarle un vocale, se di prassi si sentivano sempre.

‘Domani provo a chiedergli anche io’, scrissi ad Ani.

‘Sì dai…la faccenda non mi convince molto.’

Figurati a me, pensai, ma non dissi nulla. Pareva proprio che avesse spento il telefono in orario aperitivo. E considerato quello che Michela mi aveva confidato… non si diceva che due indizi facevano una prova? Consapevole della mia somma ingenuità, pensai che forse una più sveglia di me, a quest’ora non avrebbe più avuto dubbi.

La mattina dopo Ciser, trafelato, si fermò alla mia postazione, non appena mise piede in Area Vendite.

«Mi dispiace tanto per ieri sera, ho fatto preoccupare Ani per niente, e si è anche giustamente arrabbiata», mi disse, subito, abbassando la voce perché nessun altro ci sentisse. Era chiaramente ansioso di spiegarmi la sua versione dei fatti. Accavallava le parole, faceva sembrare la sua scusa un’autoaccusa. Approfittai del fatto che Lorenzo era in giro, mi sfilai la cuffia, lui sedette nella scrivania accanto alla mia, in quel momento vuota.

«Ma che è successo?» chiesi.

«Mio padre ha perso le chiavi di casa, sono rimasti fuori dalla porta, sono andato da loro, lui era nel panico e ha iniziato a bisticciare con mia madre, allora gli ho chiesto cosa avessero fatto quel pomeriggio e mi hanno detto che erano stati a fare la spesa, quindi ho pensato che poteva darsi che il borsellino fosse rimasto al supermercato, sono corso lì mentre i miei sono rimasti fuori a fare da guardia alla casa, visto che le chiavi le poteva avere chiunque, e per fortuna una cassiera lo aveva recuperato, dimenticato su una delle casse. Insomma, abbiamo risolto, ma in tutto questo sono stato in ballo un sacco di tempo e non mi sono reso conto che erano passate delle ore... insomma sono andato in panico anche io, e Ani giustamente si è incazzata», disse confusamente, senza mai prendere fiato.

Suonava plausibile, in realtà, ma non mi convinceva il fatto che il telefono fosse rimasto senza linea per due ore.

«Cose che possono succedere», dissi, vaga.

Lui scosse la testa. Sembrava veramente dispiaciuto.

«Ho provato a chiamarla, appena uscito dall'ufficio, ma era occupata, poi non ci ho più pensato.»

«Vabbè, dai, le passerà.»

Vidi Lorenzo avvicinarsi con la coda dell'occhio, lo feci notare a Ciser che si alzò, stringendomi la spalla nel salutarmi. Dopo mezzo secondo, arrivò il messaggio di Ani via Skype: 'Allora?'

'Mi ha raccontato della disavventura con i suoi, ci sta che sia andato nel panico anche lui, non capisco il telefono che rimane irrintracciabile così a lungo.' Come se lo avesse spento apposta.

'Stamattina l'ho ribaltato', mi disse.

'Ho immaginato. Era tapino.'

'Se lo è meritato. Sono stata così in ansia...'

L'episodio contribuì a turbarmi. Un mese prima avrei messo la mano sul fuoco sul grande innamoramento di Ciser, ma le ultime vicende mi parevano strane. Di certo, potevano avere una spiegazione innocente, forse era stato solo sfigato. Ma se sommavo la strana serata di ieri all'incontro con la sua vecchia fidanzata e alla sua mania di continuare a tenere segreta la relazione con Ani, avevo ragione ad essere sospettosa. Ma volevo evitare di intromettermi, se non tenendo gli occhi aperti. Il tempo avrebbe chiarito ogni cosa.

'Ti posso chiamare?' mi scrisse Ciser, una decina di giorni dopo, sul finire del mio turno.

'Dammi dieci minuti, saluto Lorenzo e mi metto in macchina, devo andare alle Torri per iniziare a vedere qualche regalo di Natale.'

'Ho una cosa da comprare anche io, andiamo assieme?'

Volevo sbrigarmi e vedere velocemente un paio di negozi, mi piaceva fare shopping da sola, ma era evidente che aveva bisogno di parlarmi.

Ci demmo appuntamento alla sua macchina, saremmo andati solo con un mezzo per non pagare due volte il parcheggio del centro commerciale, ma scrissi ad Ani, per evitare imbarazzi: 'Dovrei andare con Ciser a fare compere, ti scoccia?'

'No no, vai tranquilla! ' mi rispose subito.

Non appena salii sulla sua auto, Ciser venne subito al dunque.

«Ani ti ha detto qualcosa?»

«Cosa avrebbe dovuto dirmi?» chiesi, allarmata dalla sua ansia.

«Sono giorni che è strana, mi risponde a monosillabi, le ho chiesto più volte se ci fosse qualche problema ma ha sempre negato, oggi viene fuori che la situazione le pesa, che è angosciata, che vivere giorno per giorno è sempre più difficile.»

«Avete discusso del vostro futuro?»

«Abbiamo deciso di viverla con leggerezza, prenderla come viene, ma accetto che possa cambiare idea, che una cosa possa non piacerle più, quello che non accetto è che non me l'abbia detto. Io mi sto rompendo i coglioni. E io sono uno che, quando dà un taglio, non torna più indietro. Mi infastidisce che le ho chiesto più volte se c'era un problema, lei ha negato per giorni.»

«Avete deciso o hai deciso?»

«Cosa intendi?»

«La leggerezza è un conto, ma la scelta di continuare a tenere segreta la vostra relazione è tua», dissi.

«Lo sai che in ufficio le storie tra colleghi non sono ben viste.»

«Ciser, se si trattasse di un flirt ti capirei, ma ormai le cose si sono fatte serie, non penso che far presente la cosa a Salva, nei modi adeguati, costituisca un freno alla tua carriera. Diverso è se oggi gli confessi la relazione con Ani, e domani gliene presenti un'altra», buttai lì, pungolandolo leggermente per provocarlo. Non colse.

«Non capisco che fretta ci sia», rispose, sulle sue. «Ci vediamo comunque, no?»

«Ma se vi nascondete come clandestini!»

«Sai benissimo che Area Vendite è un covo di pettegoli. Basta che ci veda un solo operatore, e domani lo sanno tutti.»

«Beh, io troverei la situazione molto pesante.»

«Ma Ani si è sempre detta d'accordo.»

«Che Ani abbia accettato una tua scelta non significa che non le pesi.»

Lui tacque, riflettendo.

Ero frenata dalla discrezione, dal rispetto per la loro privacy, ero turbata dal fatto che lui mi facesse delle confidenze che lei non mi aveva fatto, ma siccome me ne stava parlando gli chiesi chiaramente: «Ma tu ci tieni ancora alla tua ex?»

Non riuscivo a togliermi l'idea che il suo bisogno di segretezza fosse legato alla storia non del tutto conclusa con la sua vecchia fidanzata.

«Tanti anni assieme non si liquidano in poche settimane, in qualche mese», mi rispose, serio. «Ma so anche che quello che ho vissuto con Ani è una cosa unica, che non avevo mai provato in vita mia con nessuna, non so, forse quando mi sono messo con Diana ero molto giovane, sono stato frettoloso, magari si cresce e si cambia, si matura in modi diversi, so che io di Ani amo la testa, il modo in cui ragiona, mi piace confrontarmi con lei, non è solo attrazione fisica... Ma ho vissuto gli ultimi anni nella convinzione che Diana fosse la donna della mia vita, non è semplice rimpiazzare le proprie certezze.»

«Lasceresti Ani per tornare con lei?» domandai

Lui sospirò profondamente. «Un mese fa ti avrei chiesto se eri matta. Adesso non lo so più.»

Era peggio di quello che pensavo.

«Io la amo, ma tengo anche a Diana», aggiunse Ciser. Il suo tono racchiudeva molti sentimenti: accettazione, il lieve sollievo di essere riuscito ad ammetterlo, il rammarico di non poter vivere pienamente la sua storia d'amore.

«Ma in questa situazione state bene?» domandai. Io sarei riuscita a vivere serenamente questa incertezza? Questa mancanza di destinazione? Loro parevano contenti del pezzettino di percorso che stavano affrontando assieme, nonostante non si fossero posti, al momento, una meta. Era questo il modo giusto di viverla? Ancora una volta, pensai che li invidiavo, ma che probabilmente la cosa non avrebbe fatto al caso mio.

«Vivo giorno per giorno, e sono felice con lei, questo sì. Ma non accetto il comportamento degli ultimi giorni. Se ha dei dubbi, se ha dei problemi, me ne deve parlare. Io lo avrei fatto, subito, per rispetto nei suoi confronti, se avessi sentito che i miei sentimenti stavano cambiando.»

Eravamo entrati nel parcheggio delle Torri e Ciser aveva infilato la macchina in un angolino, ma non accennava a scendere. *Adesso passa qualche collega e mi prende per la sua amante, e finisce che mi faccio una figura di merda*, pensai.

Mi concentrai sulle sue parole. Chiedeva ad Ani rispetto, le chiedeva chiarezza di sentimenti, le chiedeva di essere cristallina con lui. Desiderai domandargli se fosse in grado di restituire altrettanto, ma non mi sentii in diritto. Da amica, avevo il dovere di metterlo davanti alla sua incoerenza? O forse avevo solo paura di rovinare il nostro rapporto, non lo sapevo. Trovavo fastidioso che nobilitasse i sentimenti che lo spingevano. Pensavo che sarebbe stato più dignitoso accettare l'idea di essersi lasciato trascinare dall'entusiasmo, l'idea di essere solo un uomo come tanti, condizionato dalle proprie debolezze, piuttosto che considerarsi un eroe perché esigeva dalla sua ragazza una chiarezza che non era in grado di dare.

Com'erano egoisti gli uomini. Ciser si sentiva forte del suo amore per la mia amica, ma non riusciva a lasciar andare un passato che, tutto sommato, era stato comodo.

«Non so proprio cosa dirti», gli confessai. Potevo capire gli scrupoli di lei, potevo capire che Ciser ne avesse piene le scatole. Non mi sentivo di elargire consigli, sia perché non volevo responsabilità nelle sue decisioni, sia perché sentivo dentro di me che la loro storia era destinata a un finale tragico. L'equilibrio era troppo delicato, non volevo sbilanciare la fragile armonia che avevano trovato. O che forse si erano illusi di trovare.

Passeggiammo svogliatamente per il centro commerciale, non riuscivo a concentrarmi sulle spese con lui presente. Continuammo a sviscerare la vicenda, lui aveva voglia di parlarne ancora, io ascoltavo, dicendo poco o niente. Non mi chiese nulla di Piero. Qualche mese prima si era tenuto informato, ora anche lui considerava chiusa la vicenda. Io avrei desiderato parlarne senza fermarmi mai, raccontargli ogni parola che mi aveva detto, analizzare il senso delle sue azioni, ma era evidente che per lui la faccenda non aveva più peso; del resto, razionalmente aveva ragione. Cosa ci stavo ancora a pensare? Gli avevo detto io stessa che volevo liberarmi di ogni pensiero su di lui, che non avevo più aspettative che questo strano rapporto si evolvesse in qualcosa di diverso, anche se in realtà il mio cuore ancora lo desiderava. Tenevo a bada i miei sogni, perché era chiaro che non avrebbero mai assunto concretezza, ma esserne convinti razionalmente non addomesticava i sentimenti.

Quando mi riportò alla mia macchina, dopo il nostro giretto, mi pareva più sereno. Sfogarsi gli aveva giovato. E anche se in questa occasione non mi sembrava di avere contribuito granché con un punto di vista che potesse illuminargli la situazione, fui felice di avergli fatto del bene.

Continuavo però ad essere molto a disagio per il fatto di trovarmi incuneata in quella situazione. Non mi piaceva trattenere con Ani le confidenze che lui mi aveva fatto, o viceversa, nonostante lei riversasse meno pensieri su di me. Inoltre, non volevo essere un fattore nella somma della loro relazione. Non volevo, sapendo cose che Ciser mi aveva confidato all'oscuro di lei, che un mio eventuale consiglio pesasse anche circostanze che in teoria non avrei dovuto conoscere, così facendo modificando un equilibrio che doveva continuare ad appartenere solo a loro. Inoltre, persisteva un sentimento complicato nei confronti di lui: continuavo a non credere nella sua trasparenza. E continuando a dubitare del mio istinto, mi chiedevo se, di pancia, ci avessi azzeccato, o vedessi solo fantasmi.

Il giorno dopo lui ed Ani uscirono a pranzo assieme, di nascosto da tutti. Il pomeriggio erano di nuovo innamoratissimi e felici.

DICEMBRE

Piero mi aveva sorpreso ancora. Nei mesi in cui ci eravamo scritti, e anche quando tra di noi vigeva il silenzio, di persona non mi aveva mai rivolto la parola. Nelle settimane successive al corso, invece, dopo aver interrotto la formazione causandomi mille paranoie, si riavvicinò a me. Sembrava che non gli facessi più tanta paura, che stesse vincendo il disagio nei miei confronti.

Mi faceva cenno nei corridoi, infilava la testa nel mio ufficio la mattina, si curava di salutarmi ogni volta che usciva. Non mi ero attesa questo comportamento. La sua rigidità, quando mi incontrava di persona, era una cosa che ormai avevo dato per scontata. Aveva ribaltato ogni mio pronostico. Di questo gli dovevo dare atto: era l'uomo che più di ogni altro mi aveva sorpreso, senza rispettare mai le mie aspettative.

Mi mancavano le nostre chat notturne, il brivido dell'inaspettato, l'eccitazione del nostro amore virtuale, ma mi ripetevo che se la situazione rivestiva per noi due pesi tanto diversi era stato meglio concluderla così. Di fatto, a lui mi ero affezionata, e finivo col preferire quel pallido rapporto cortese, vuoto e inutile, al niente. Mi ci voleva ancora un pochino perché riuscissi a scalzare Piero dal piedistallo in cui lo avevo messo.

Cati si premurava di tenere nascosto Skype se ero nelle vicinanze. Me ne accorsi, il mio sesto senso mi diceva che, dietro la spunta rossa del messaggio arrivato, c'era lui. Altrimenti non sarebbe stata così attenta a non aprire la schermata delle chat. A tratti mi pareva persino di odiarla. Lui e io non avevamo mai chattato con questa costanza. L'unica maniera di consolarmi era pensare che io ero stata un'altra cosa, un momento di attrazione, eravamo maschio e femmina, mentre lei era solo una collega con cui passava il tempo. Tanto, pensavo, non avrei mai avuto occasione di chiedergli come stavano realmente le cose, pertanto potevo scegliere di credere alla versione che preferivo.

Parlai con Ani del nuovo rapporto amichevole che Piero e io stavamo istaurando. «Ormai ho smesso di aspettarmi qualsiasi sviluppo, quindi la cosa mi fa piacere, non ci sto più male, se non altro si allenta la tensione.»

Era vero. Non era vero che, in fondo in fondo, non sarei stata contenta che le cose cambiassero, ma davo per assodato al novantanove per cento che non sarebbe mai successo, quindi non vivevo nell'ansia costante.

Certo, pensavo, sarebbe bello che lui cambiasse lavoro, che non fossi costretta a vederlo mai più, sarebbe più facile smettere di pensarci, ma incrociarlo al mattino mi dava ancora il batticuore, dovevo solo trovare la maniera di riempirmi la testa di altre cose.

Un lunedì mattina Lorenzo mi si avvicinò non appena misi piede in ufficio: la sua espressione, nonché il fatto che fosse arrivato non solo puntuale, ma addirittura prima di me mi misero immediatamente in allarme.

«Il tuo amico Massimo ha chiamato Salvatore. Non tornano i numeri di protocollo dei moduli delle polizze salute. Sembrerebbe che ne manchi un blocchetto.»

Dovetti sforzarmi per fare mente locale e capire di cosa stesse parlando. Piano piano realizzai: l'emissione di ogni polizza era centralizzata, quindi la procedura corretta prevedeva che i broker inserissero i parametri sul gestionale ed il sistema calcolasse il premio sulle garanzie richieste, generando un codice univoco che identificava il preventivo. Come ulteriore procedura di controllo, le polizze però andavano stampate su moduli numerati. Il numero del modulo che riproduceva la polizza doveva essere poi inserito a mano nel sistema, in maniera tale che si creasse un doppio codice, per impedire che le agenzie combinassero qualche casino.

«Abbiamo consegnato i blocchetti la prima volta che siamo andati in visita... con Tavo e Piero. La macchina aziendale si era liberata all'ultimo momento, quindi li aveva Piero nel baule», dissi a Lorenzo, sforzandomi di ricordare bene come erano andate le cose. «C'era qualche scatolone da scaricare, quindi ci hanno pensato i ragazzi. Poi Tavo ha consegnato la directory della modulistica e hanno fatto una verifica veloce. Magari dovresti chiedere a lui.»

Ansia. Possibile che, proprio adesso che cominciavo a ingranare, e che l'azienda iniziava a credere che potessi fare qualcosa di più rispetto alla cuffia, incappassi in un problema? Mi avrebbero ritenuta responsabile? Maledissi mentalmente quella cavolo di uscita, che mi aveva incasinato non poco la vita.

Lorenzo mi posò una mano rassicurante sulla spalla.

«Tavo è in malattia. Ne parlo con Piero», mi disse, con un sorriso, congedandomi.

Tornai alla mia postazione con un senso di disagio. Non volevo essere implicata in qualche casino, proprio adesso che Lorenzo stava negoziando il mio nuovo contratto con la direzione.

Dopo mezz'ora, Piero, agitato, mi scrisse su Skype. 'Ma hai detto tu a Lorenzo che avevo io i blocchetti dei moduli?'

'Gli ho detto che gli avevamo consegnato tutto quando siamo andati in visita la prima volta, ma che poi la verifica l'aveva fatta Tavo.'

'Glieli abbiamo consegnati noi??' rispose.

'Sì, non ti ricordi?'

'Ah.'

Percepì le ondate dell'encefalogramma semi piatto che provenivano dalla sua postazione.

'Allora devo guardare che non mi siano rimasti in macchina', mi scrisse, dopo un po'.

Adocchiai Lorenzo che mi passava accanto, e gli feci cenno di fermarsi.

«Ma cosa succede se i moduli non saltano fuori?»

Lorenzo si strinse nelle spalle. «Se ce ne fossimo accorti subito, avremmo annullato i numeri di protocollo e denunciato lo smarrimento.»

«E dato che non se ne sono accorti subito?»

Lorenzo mi guardò per un paio di secondi prima di rispondermi. Quei due secondi mi sembrarono molto lunghi. «Se sono già stati utilizzati i numeri di serie sbagliati, bisogna stornare e riemettere le polizze. Richiamare tutti i clienti che le hanno in mano e farli tornare in agenzia per consegnare loro i documenti nuovi e per le firme.»

Deglutii. «Ma è già successo prima?»

«Si, è capitato.»

«E com'è andata?»

«La persona che ha smarrito i blocchetti ha ricevuto una lettera di richiamo.»

Annuii lentamente. Sentii le lacrime ribollirmi in gola. Respirai profondamente, di pancia, per riuscire a parlare.

«Non sarebbe piacevole ricevere una lettera di richiamo a un passo dalla promozione», riuscii a mormorare.

Lui mi strinse il braccio, dispiaciuto per me. «Vai a casa, cercali, guarda nella tua macchina, costringi Piero e Tavo a farli saltare fuori. C'è ancora la possibilità di risolvere tutto.»

Avendo nominato quei due, chiesi a Lorenzo «Ma rischiamo di ricevere una lettera tutti e tre?»

Lui si strinse nelle spalle «In teoria nessuno sostiene che la colpa sia tua.»

C'era un ma, quindi attesi.

«Ho parlato con Salva. È stato piuttosto rigido al riguardo. Ti ritiene responsabile di non essere stata più diligente. In effetti hai avuto una buona dose di sfiga.»

«Aspetto notizie da Piero, poi in caso chiamo Tavo.»

Ero abbattuta. Mettevo sempre il lavoro al primo posto, mi comportavo con serietà e senso di responsabilità, proprio non capivo come potevo aver toppato così clamorosamente in una circostanza tanto cruciale. Iniziai mentalmente a tessere le mie giustificazioni: era la mia prima trasferta, non ero io la depositaria di quei maledetti blocchetti, ero accompagnata da due colleghi che in teoria avevano maggior esperienza e anzianità. Ma sapevo che mi stavo raccontando delle stupidaggini. Forse la mia era stata più sfortuna che colpa, ma la verità era che avrei dovuto rimanere più focalizzata, fare attenzione ai dettagli, perché ero io a essere sotto la lente di ingrandimento, ero io ad aspirare a responsabilità maggiori.

Tornai in postazione e provai a collegarmi, ma faticavo a concentrarmi. Dopo un paio di chiamate, mi scollegai per fare due passi in bagno. Gli ingranaggi della mia testa non giravano bene, continuavo a sentirmi annebbiata per l'angoscia. Non mi avrebbero più dato il posto? Che figura avrei fatto con i miei colleghi?

Senza trovar pace, tornai da Lorenzo.

«Quando sapremo se sono già stati usati i numeri sbagliati?» domandai.

«Stanno verificando. Appena so qualcosa te lo dico.»

Tornai in postazione e scrissi a Tavo; pure in malattia, dubitavo fosse moribondo. Gli chiesi dei blocchetti, spiegando che ne mancava una serie, se poteva essere che fossero rimasti nella sua macchina.

Visualizzò il messaggio dopo un'angosciosissima ora: 'Mi pare li avesse Piero. Chiedi a lui. In ogni caso io non ho nulla.'

'Ma avevamo un registro del materiale che gli abbiamo lasciato?'

'Sì, il solito modulo', confermò Tavo, 'ma non spuntiamo voce per voce, facciamo firmare il riepilogo alla fine, dubito possano esserti utili.'

Non aggiunse altro, e mi sentii liquidata in fretta.

Non erano cavoli suoi, fondamentalmente.

Ne parlai ad Ani a fine turno. «In pratica, la mia unica speranza di salvezza risiede in Piero. Apposto.»

«Magari una volta tanto fa il principe azzurro e ti salva.»

«Credo di aver vissuto di questa speranza fin troppo a lungo» riuscii a scherzare. Ma l'idea che Piero potesse salvarmi da un impiccio era in un certo modo romantica.

La sera, mentre ero a casa, Piero mi mandò un WhatsApp.

'Niente, cercato sia in macchina che a casa ma nulla, i moduli non sono saltati fuori.'

'Hai in mente dove potrebbero essere finiti?'

'Zero. Io ho consegnato tutto quello che avevo. O non me li hanno dati in ufficio, oppure se li è persi l'agenzia.'

'Se non saltano fuori è un casino', scrissi, per condividere il peso che mi opprimeva.

'Di sicuro la responsabilità di quei moduli non era mia. Io ho solo fatto un favore all'azienda siccome abito vicino.'

Ci rimasi malissimo. Non è un mio problema, non me ne frega nulla se passi un guaio. In sintesi, ecco quello che mi aveva detto. D'impulso iniziai a scrivergli un bel ringraziamento sarcastico, ma a metà lasciai cadere il telefono. Ebbi la sensazione che un pezzo di cuore mi si staccasse e cadesse giù. Nessuna gentilezza, nessun valore al nostro rapporto, io per lui non ero nessuno. Ogni alibi residuo era caduto.

Posai il telefono a faccia in giù sul divano, poi ci ripensai e lo spensi, forse per la prima volta da anni.

Il giorno seguente rimandai vigliaccamente l'accensione del mio telefono fino al momento in cui ero pronta per uscire. Spinsi il tasto on e chiusi gli occhi. Dopo pochi secondi, iniziò a vibrare. Le Ganze avevano chattato per ore, e si erano ovviamente allarmate per la mia assenza. Mia mamma mi aveva mandato una foto assurda di un gatto con un casco ricavato dalla buccia di un'arancia. L'estetista mi spostava l'appuntamento. Spiccava evidente la mancanza di interessamento di Piero.

Mandai un cuore a mia mamma, un ok al centro estetico e un vocale alle Ganze: 'Scusate mal di testa, me ne sono andata a letto presto.'

Due nanosecondi e arrivò Ani. 'Tutto ok?'

'Sono tesa per la storia dei blocchetti. Piero se ne è lavato le mani. Ma di fronte alla possibilità di perdere quel posto e alla figura di merda che potrebbe esplodere per questa storia, anche lui passa in secondo piano.'

'Si è capito se i blocchetti sbagliati sono già stati utilizzati?'

'Lorenzo mi deve ancora far sapere.'

'Tengo le dita incrociate. Ci vediamo in ufficio.'

Parcheggiai lontanissimo, nella più classica delle giornate sfigate, camminai mogia fino all'ingresso, salii in ascensore in solitudine. Mi sistemai, pipì veloce, mi collegai al centralino. Dopo un quarto d'ora di chiamate a raffica, già stufa, intravidi Lorenzo, il solito passo ciondolante, la faccia gonfia di chi si è alzato da poco, il sorriso di chi non gliene può fregare di meno. Vide che lo stavo osservando, con calma depositò la borsa sulla sua scrivania, venne verso la mia postazione e mi passò una mano tra i capelli, mentre io concludevo in fretta la telefonata che avevo in linea e mi mettevo in pausa.

«Abbiamo verificato: l'agenzia non aveva ancora iniziato ad usare il blocchetto con i numeri di serie successivi a quello che è andato perduto. Adesso denunciamo lo smarrimento, ristampiamo il blocchetto con la dicitura bis, per mantenere la sequenza. Ho parlato con Salva ieri e sull'onda della buona notizia si è calmato.»

Mentre il mio cuore batteva sordo, rilasciai il fiato che avevo trattenuto senza rendermene conto. «Quindi?»

«Vuole parlarti. Più tardi ti convocherà.»

«O cavolo...»

«Ti strigliera, ti dirà di fare più attenzione la prossima volta, tu gli dirai che da adesso in avanti farai tutto con la massima cura.»

«Ma io ho sempre fatto tutto con la massima...»

Lorenzo alzò una mano per interrompermi. «Gli dirai quello che ti ho detto, senza fargli perdere tempo, poi te ne torni qua e fai il record di polizze del mese. Sono stato chiaro?»

Annuii.

«Ma rimane aperta la possibilità di avere quel posto?»

«Forse sì. Probabilmente sarai sorvegliata speciale, ma credo di sì.»

Non era una certezza, ma non era neppure un no. Annuii ancora. Dovevo avere un'espressione talmente mortificata che mi diede una sorta di pizzicotto leggero sulla guancia. Mi misi al lavoro un po' fiacca, ma ripensando alle sue parole pian piano aumentai il ritmo. Raccolsi ogni briciola di motivazione per dare il meglio di me, senza lasciarmi sommergere dalla situazione.

Venni convocata da Salvatore a metà mattinata. Quando Lorenzo mi avvisò che mi aspettava, molti colleghi della mia squadra si voltarono a guardare la scena, incuriositi. Sapevo bene che ormai la storia era circolata, e dovevo affrontare con la massima dignità possibile il mio scivolone.

Mi ricevette con sguardo serio ma aperto. Entrai nel suo ufficio, dove mi attendeva alla scrivania, distratto da una mail. Mi invitò a sedermi, poi si accorse che mi ero lasciata la porta aperta alle spalle e si alzò a chiuderla. Mi sentii imbranata, avrei dovuto farlo io. Respirai profondamente, con la pancia, per calmarmi un po'. Volevo dare lucidamente le mie spiegazioni.

«Lorenzo ti ha anticipato che è stato perduto un blocchetto di moduli. Questo non deve succedere. Ci sono delle procedure che l'azienda rispetta per far sì che eventuali polizze false messe in circolazione vengano riconosciute velocemente. Implica rispettare la consequenzialità della modulistica. Se scegli di seguire le reti esterne, devi imparare a fare attenzione ad alcuni dettagli cruciali. Preparati una checklist mentale, resta concentrata e se necessario, ricontrolla ogni cosa una seconda volta.»

Annuivo, diligente.

«Lavoriamo in un mercato vigilato, ci rivolgiamo a un consumatore finale che è molto tutelato e siamo bersagli facili. Dobbiamo evitare di prestare il fianco, per quanto possibile.»

Aveva terminato la ramanzina. Mi guardò, gli occhi freddi, la faccia severa.

«Mi dispiace per quello che è successo, che non ricapiterà.» Soffocai l'istinto di giustificarmi, di dire che era stata la mia prima volta e che un errore ci poteva stare. «Sono consapevole del problema, la prossima volta farò più attenzione.»

Salva annuì seccamente, poi fece un sorrisetto che non raggiunse gli occhi. Mi ci vollero un paio di secondi per capire che ero stata congedata. Uscii dal suo ufficio con le gambe che mi tremavano.

Lorenzo mi venne incontro immediatamente non appena mi vide tornare verso la mia postazione. «Ti ha strigliata?»

«Il giusto», risposi, ancora piuttosto agitata.

«Bene, ha fatto quello che doveva fare. Entro pranzo se ne sarà dimenticato. Adesso tu evita altre cazzate.»

Tornai in cuffia, tapina. Sentivo le lacrime pungermi gli occhi, ma gli lottai contro. La mia unica consolazione erano le raccomandazioni a non ripetere l'errore: mi davano a intendere che ci sarebbe stato un futuro, come gestore delle reti, lontano dalla cuffia. Diciamo che la mia nuova carriera non era partita benissimo, ma se non altro mi restava la possibilità di rimediare.

Piero smise completamente di salutarmi. Dalla mattina dopo, iniziò a voltare la faccia dalla parte opposta alla mia, se ci incrociavamo. Come se fosse lui la parte offesa. Come se non fosse mio diritto aspettarmi un messaggio in cui mi chiedeva come si era conclusa la faccenda, cosa che ogni persona normale avrebbe fatto, nonché il modo in cui si erano comportati tutti i miei amici.

Una settimana dopo, Lorenzo mi trasmise la proposta contrattuale definitiva di Salva. Full time, macchina aziendale, rimborsi pasto. Il fisso non era altissimo, alcuni mesi avevo guadagnato di più in cuffia, ma la prospettiva di dire addio ad Area Vendite e ai clienti maleducati e approdare ad un lavoro vero pareva un sogno, avere una macchina aziendale un vero lusso. Forse avrei provato a vendere il mio catorcetto, ricavandoci un po' di soldi extra. La faccenda dei blocchetti era stata una gran figura di merda, in definitiva, ma sapevo che il mio capo aveva tamponato e manovrato affinché l'azienda mi concedesse una seconda opportunità. Ero contenta. Anzi, ero proprio felice.

Quel giorno, nell'uscire dal call center, mi resi conto che per tutto il turno non avevo pensato a Piero. Che mi ero, finalmente, stufata di lui.

Avevo avuto bisogno di consumare tutto il mio dolore, esplorarlo fino in fondo, aveva bruciato lentamente, con sorda costanza, ma alla fine la fiamma si era spenta, senza lasciare nemmeno un po' di cenere. Non c'era più nulla.

Di Piero, del suo carattere di merda, del suo oscillare, dei suoi intenti mutevoli, della sua imprevedibilità, che mi aveva fatta sospirare di felice esasperazione, ma che nel contempo, sebbene non desiderassi attribuirgli colpe esagerate, non aveva mai tenuto minimamente conto degli eventuali sentimenti degli altri.

Doveva averlo capito che ci tenevo, altrimenti era un idiota, eppure continuava ad usare il suo dominio su di me con arroganza infantile. Adesso si permetteva di fare l'offeso per una faccenda dove era stato lui a comportarsi da stronzo, lavandosene le mani.

Soprattutto non ne potevo più di me stessa, della mia debolezza, la mia ostinazione ad attaccarmi a qualcosa che mai sarebbe stato senza la lucidità di guardare negli occhi la realtà, la mia incapacità di accettare a lasciar andare.

Basta, pensai. Anzi no, non lo pensai, non lo decisi, solo che improvvisamente lo sentii, me lo sentii dentro, che non ne potevo più, di tutta questa situazione, di lui, della sua indifferenza, della superficialità con cui si permetteva di giocare con me, con noncuranza, forse per mancanza di immaginazione, per il piacere del dominio, o forse perché era dopo tutto solo un uomo banale.

Ero tornata da lui troppe volte, attratta irrimediabilmente, ma questo ultimo voltafaccia era stato la goccia che aveva fatto traboccare il vaso.

Vai per la tua strada, vattene pure con Cati, vattene con chi vuoi tu, fai quello che vuoi, stai lontano da me. Ma non sentivo astio nei suoi confronti; era solo esasperazione, una stanchezza che mi aveva portato a non avere più nessuna voglia di lui.

La luce era spenta, semplicemente non mi interessava più.

Mesi di domande, di angosce, di riesami, quando la verità era solo una: mi ero invaghita di un coglione, che non aveva provato per me nemmeno la minima parte dei sentimenti che avevo coltivato nei suoi confronti. Mi sarebbe bastata un po' di lucidità, il coraggio di guardare in faccia le cose come stavano.

Mi dolsi per qualche giorno. Pensai anche che potesse aspettare una parola da parte mia, quando ci ragionai con Ani mi disse «Ma perché dobbiamo stare sempre a scervellarci sui comportamenti degli psicopatici?»

Li per lì ci rimasi male, avrei voluto confrontarmi con lei costruttivamente, poi pensai, semplicemente, che aveva ragione. Dovevo trovarmi un amore vero, smetterla di vivere storie immaginate, accettare le attenzioni di altri ragazzi, a cui avevo sbarrato ogni possibile strada nei mesi in cui avevo pensato a Piero. Dovevo trovare il coraggio di crescere.

Lui aveva riempito tanta parte del mio anno, aveva riempito la mia testa, i miei pensieri, era stato il protagonista delle mie giornate, probabilmente per lui ero stata solo una figura sullo sfondo. Ma una cosa a senso unico cos'era se non una fantasia? E lui era solo un fantasma, non aveva mai avuto materialità, era stato nulla di più che qualche messaggio che proveniva da una figura senza volto.

Mi infastidii con me stessa per aver dato troppo peso a pochi momenti, a poche parole. Riconoscere la pochezza della nostra relazione mesi prima mi avrebbe risparmiato parecchie seghe mentali.

Non mi interessava più nemmeno avere un rapporto amicale, da buoni colleghi. Chissenefrega, pensai. Il call center è pieno di gente, vado d'accordo con la maggior parte, posso fare a meno di uno di loro, in fin dei conti ne avevo sempre fatto a meno.

Era la fine della mia vicenda, sognata, immaginata, sentita, tanto, con tutto il cuore, ma mai reale.

Per non rendere le mie pene del tutto inutili però, desideravo tirarne fuori qualcosa, anche se non sapevo se c'era effettivamente qualcosa di buono che ne potessi trarre.

Lo avevo messo su un piedistallo, ogni potere che aveva potuto esercitare su di me glielo avevo attribuito io. Era il meccanismo che mi fregava ogni volta, che volevo scardinare.

Piero, in fin di conti, era stato solo una comparsa, che si era mossa ai margini della vicenda, senza sapere bene ciò che voleva. Lui, dopotutto, che importanza aveva? Magari era meglio archiviarlo come uno a cui ero piaciuta. Forse ci sarebbe stato un giorno in cui avrei capito. Nessuna lezione, nessuna morale dunque, solo altri sbagli che avrei compiuto, torti nei confronti di me stessa o di altri, l'unico insegnamento possibile era che, forse, in futuro l'esperienza mi avrebbe aiutato un po' di più, o forse no. Forse l'unica cosa che contava erano i sentimenti, e che io ero così, fragile, insicura, a volte sottile come un'ombra, a volte una leonessa, tanti piccoli pezzetti di me raggrumati in una ragazza complicata. Magari ero un'inguaribile romantica, per riprendere un trito cliché. O solo un vaso di coccio tra tanti di metallo. Tutto qui.

GENNAIO
Epilogo

Fede partorì la notte di Capodanno. Era in ritardo di dieci giorni sulla data presunta del parto, monitorata quotidianamente, ma i medici non se la sentirono di trattenerla in ospedale sotto le feste. Le augurarono di trascorrere un piacevole veglione, con famiglia e fidanzato, per rivedersi il due gennaio e, se necessario, indurre il bambino a nascere. A mezzanotte e un quarto, tra un petardo e un bicchiere di spumante, iniziarono le doglie. Alex la portò di corsa in pronto soccorso e ci avvisò.

Ani, Cati ed io eravamo in Caffetteria con altri colleghi, al culmine della festa. Appena ricevemmo la telefonata, non ci fu bisogno di parole. Dopo uno sguardo, scivolammo fuori dal locale, in una nottata in cui il gelo pungeva come un ago, ci infilammo tutti nella mia macchina.

Trieste vantava un ospedale pediatrico: in una notte come quella, ci risparmiò di dover passare attraverso l'accettazione di un pronto soccorso aperto agli adulti che sarebbe stato di sicuro pieno di festaioli ubriachi. Incontrammo però l'assurdo spettacolo di mamme con i brillantini nei capelli che consolavano bimbetti che si erano vomitati su minuscoli panciotti di raso, e fanciulle catarrose con acconciature da principessa Disney che venivano dimesse con aerosol e sciroppi per la tosse.

Salimmo in reparto, dove Alex aspettava, nervoso e sorridente, che Fede terminasse alcuni esami, per poter entrare in sala parto con lei. Eravamo una compagnia improbabile: nella sala d'attesa, tra infermiere e ostetriche che si affaccendavano attorno a noi con facce pallide, giovani padri implumi che attendevano notizie e suocere che già vantavano diritti sui nascituri, cercavamo di distrarre Alex con battute fiacche. Il trucco pesante già un po' squagliato, i capelli incrostati di lacca, gli abitini da sera troppo leggeri per la notte invernale, i tacchi con cui non sapevamo camminare, sembravamo comparse di un film su Halloween, fuori posto in quella notte assurda. Con Fede vivevo questa esperienza per la prima volta: tutte le amiche a cui ero più legata erano ancora piuttosto distanti dall'idea di mettere su famiglia, incasinate tra storie d'amore destinate al fallimento, lavori precari o studi da terminare. Affrontavo per la prima volta un arcobaleno di emozioni nuove. Immaginare la creatura che stava per venire al mondo, e la mia amica che diventava mamma, faceva sbocciare un sentimento di tenerezza particolare. La bambina che avrei conosciuto stanotte, un giorno sarebbe stata un'adolescente, una donna, e io per questa nuova persona sarei stata un'adulta, addirittura una vecchia, e forse avrebbe guardato a me per un consiglio. Un bambino che nasceva era un foglio bianco, su cui tutto doveva essere ancora scritto, e noi eravamo lì, ad assistere all'alba di questa nuova vita, per accompagnare una mamma che nasceva.

Fu una notte lunga, fatta di caffè alle macchinette della sala d'attesa, qualche risata soffocata e parecchi sbadigli, ma al tempo stesso parve consumarsi in pochi istanti. Quando Alex uscì dal reparto, il viso pallido e gli occhi lucidi, erano le cinque.

«Angelica è nata, ed è la cosa più bella che io abbia mai visto», disse, abbracciando la suocera.

Cati, Ani ed io scoppiammo a piangere.

Ani lasciò Ciser alla fine di gennaio. Non mi disse che aveva maturato quella decisione se non a cose fatte. Era stata dura, lo sarebbe stata ancora di più, ma era necessario. La loro storia scricchiolava troppo: l'ossessione di Ciser sulla segretezza contrastava sempre di più con il costante controllo virtuale che imponeva ad Ani, e la voglia di stare assieme si sgretolò sotto la pesantezza dei continui bisticci.

La capivo, e accettai quella notizia senza alcuna sorpresa. Avevo sempre sentito, dentro di me, che quella coppia non avrebbe messo radici. Era stata una follia, un bellissimo sogno, al di là del tempo, ma si trattava pur sempre di una parentesi. Avevo la sensazione che avessimo tutti bisogno di voltare pagina.

Ciser reagì malissimo. In un primo momento, quando me lo disse, chiamandomi una sera, mentre rientrava a casa, fu saldo: accettava la decisione a testa alta, avrebbe sofferto, di certo, ma era sufficientemente maturo per accettare le scelte della donna che, nonostante la rottura, avrebbe continuato ad amare. Sapevo che si trattava di una reazione a caldo. La razionalità gli diceva che era giusto così. Prima o poi sarebbe annegato nei sentimenti. Gli concessi una settimana. Affogò in tre giorni. La dignità a cui si aggrappava andò a fondo rapidamente. Mi chiamò distrutto, stordito. Mi limitai ad ascoltarlo, tutte le volte che gli serviva. Tentai di esserci, per lui, come avrei desiderato che qualcuno ci fosse per me. Non me la sentivo di dire granché, perché la verità contro cui lui combatteva era per me cristallina.

Lui non era pronto per la fine di quel sogno, ma per una cosa del genere non lo sarebbe mai stato.

Dopo due settimane, mi confessò che aveva passato la notte dalla sua ex. A fine mese, convivevano di nuovo.

Ani era silenziosa, abbacchiata. Ci era voluta tanta forza per chiudere, e altrettanta per non ricaderci. Aveva amato Ciser, ma aveva avuto la maturità di allontanarsi da una cosa che non la faceva star bene. Ora pativa la risacca dell'energia che li aveva travolti. Le emozioni che l'avevano fatta sentire così viva ogni giorno si erano sopite, ed era subentrata una noiosa tranquillità.

Vederlo tutti i giorni di certo inaspriva l'amarezza.

Mi ci volle più di un mese per sbollire il mio malumore nei confronti di Cati. Aspettavo il momento buono, la congiunzione astrale più adatta per confrontarmi con lei, e capitò durante un aperitivo in compagnia. Eravamo una decina, sistemati lungo un tavolo in un baretto di Cavana, e alle due estremità non ci si riusciva a sentire. Iniziarono a parlare di Piero, come sempre assente, e qualcuno iniziò a chiedersi quanti anni avesse, cosa che ovviamente sapevo alla perfezione. Quando veniva nominato, di solito fingevo indifferenza, e tacevo.

Cati, che stava nel punto più lontano da dove ero seduta, mi chiamò a gran voce: «Nina, secondo te quanti anni ha Piero?»

Imprecai mentalmente perché mi aveva coinvolto, e mi strinsi nelle spalle. «Non ne ho idea... una trentina.»

Presi il telefono e digitai velocemente un messaggio: 'Che pessima uscita.'

'Scusa', mi rispose immediatamente. 'Non pensavo ti desse fastidio.'

'Non è la peggiore degli ultimi mesi', scrissi, con cattiveria.

La sera, dopo che fummo ritornati tutti a casa, Cati mi scrisse un lungo messaggio, in cui si scusava se aveva fatto delle uscite fuori luogo. Sapevo di avere usato il pretesto di una battuta, magari maldestra, ma senza grosse implicazioni, per tirare fuori quello che non potevo digerire. Mi scusai a mia volta, ammettendo che ero stata piuttosto aggressiva, e le dissi che sentivo il bisogno di parlare con lei.

Ci vedemmo a pranzo, qualche giorno dopo.

Ero a disagio, e ci volle una mezz'ora buona di chiacchiere senza importanza prima di riuscire a toccare l'argomento che ci premeva. Tirai fuori tutto. Le parlai sia di certe sue uscite che mi avevano ferito, sia del mio fastidio nei confronti delle chat con Piero. Ammisi, cercando di apparire più corretta possibile, che non era mio diritto rimproverarle nulla in proposito, che erano colleghi ed era normale che decidessero di essere amici, ma, trasparenza per trasparenza, le confessai che il loro rapporto mi faceva impazzire di gelosia.

Si scusò con molto candore, sforzandosi addirittura

di ricordare di quali battute stessi parlando. Gliele citai con precisione, stupendo me stessa per la nitidezza con cui certe parole si erano incise nella mia memoria.

«Sono state uscite infelici, ma credimi, buttate lì senza cattiveria, magari con superficialità. Se avessi saputo che ci saresti rimasta male avrei taciuto.»

Il suo sorriso era trasparente, e nonostante fossi consapevole della mia suprema ingenuità, non riuscivo a scorgervi malevolenza. Ma volevo che mi spiegasse il suo rapporto con Piero, quindi cercai con fatica di ritornare all'argomento.

«E poi so che non ho il diritto di immischiarmi tra te e un tuo collega, ma capisci che, in una situazione già di per sé pesante, devo ammettere che la vostra amicizia, di cui non mi hai mai spiegato nulla, mi ha pesato.»

Non credevo di avere il diritto di torchiarla in merito a qualcosa che tutto sommato non mi riguardava, ma pensai che dovevo togliermi quel masso dallo stomaco. Poi, eravamo amiche, ci stavamo finalmente confrontando in maniera trasparente, si era aperto uno spiraglio in cui mi dovevo infilare.

Ma mi sorrise, quasi ad accondiscendere alla mia gelosia. Aspettai una spiegazione, aspettai che mi dicesse che la loro era solo un'amicizia, nulla di importante, che parlavano di lavoro, che si trattava solo di chiacchiere superficiali, di tanto in tanto. Ma taceva, guardandomi con affetto. Pensava che le mie preoccupazioni fossero così immotivate da non meritare una risposta, oppure non voleva dirmi di più?

«Tu mi devi dire quando esco con una frase infelice, perché è probabile che non me ne renda conto. Fammelo notare subito, mandami a quel paese senza farti problemi, altrimenti ti porti a casa il nervoso e non risolviamo la cosa.»

Non faceva una piega, ma non mi aveva detto quello che volevo. Ero nella fastidiosa situazione in cui avrei voluto scuoterla per le spalle, fare mille domande, capire bene se da lei avessi mai temuto qualcosa, ma avevo davanti un'amica che mi diceva carinerie, che affermava che non voleva ferirmi, che sottolineava quanto fosse importante il nostro rapporto. E mi sentivo insoddisfatta, con un nodo dentro che non riuscivo a sciogliere.

Quando rientrai a casa, continuando a meditare sulla faccenda, l'unica risposta che riuscii a darmi era che il tempo avrebbe attribuito la misura ad ogni cosa.

Era stato un anno di grandi emozioni, che ci aveva lasciato sfiancati. Faticavamo tutti quanti. Certi giorni credo ci limitassimo a funzionare, altri era una fatica solo alzarsi dal letto, in alcuni riuscivamo addirittura a vivere.

La cosa migliore di tutte era stata la bimba di Fede. Una sorpresa che, infrangendo i programmi, aveva un po' ridimensionato i nostri drammi, e ci aveva fatto scorgere la vera bellezza.

Avevamo vissuto una montagna russa emotiva, e mi sentivo svuotata. *Ma il vuoto crea posto per il nuovo*, pensai. Il vuoto rende più leggeri. Ed era questa la leggerezza di cui avevo bisogno: non quella dei sentimenti, ma quella necessaria a spiccare il volo. Era il momento di liberarsi del peso che mi teneva ancorata al ieri, e affrontare cose nuove.

Sarebbe arrivata la primavera, la aspettavo con ansia. Non ero pronta, ma lo sarei stata.

WHITE COCAL PRESS
libri e morbin a Trieste

DIALETTO
La testa per intrigo (2023)
Corrado Premuda

Troppo triestini (2022)
Paolo Pascutto

I diari de Siora Jole (2021)
Davide Calabrese

Il dialetto nel Porto di Trieste (2021)
Nereo Zeper

I soliti veceti (2020)
Raimondo Cappai e Paolo Stanese

Le disgrazie del tran de Opcina (2019)
Diego Manna

The Origin of Nosepolis (2018)
Diego Manna

L'amor al tempo del refosco (2018)
Laura Antonini e Stefano Bartoli

Monon Behavior (2017)
Diego Manna

NARRATIVA
Omicidio no xe per barca (2022)
Raimondo Cappai e Paolo Stanese

I briganti della Carnia (2022)
Francesco Boer

C'era una volta a... Triestewood (2021)
Andrea Martinis

Il sipario sul divano (2021)
Gianfranco Pacco

Edda leggendaria da Trieste lungo la via degli dei (2021)
Edda Vidiz

Trieste città dell'Oktoberfest (2019)
Dino Bombar

La magia di Trieste (2019)
Erica Bonanni

L'Osmiza sul mare (2016)
Diego Manna

UMORISMO
Casa mia, casa mia - Come tirar 'vanti nela giungla del cemento triestin (2022)
Chiara Gily e Francesca Sarocchi

La smonta la prossima? - Una vita in corriera (2021)
Davide Destradi

Triestini e napoletani (2017)
Micol Brusaferro e Chiara Gily

MANUALI DEL MORBIN
Ocio de soto (2023)
Gianfranco Pacco

50 cose da non fare in Friuli (2021)
Mataran

Trieste cinica - dal no se pol al no ga senso (2021)
Vile&Vampi

50 cose da non fare a Trieste (2020)
Andrej Prassel

Meio un omo ogi e uno doman (2020)
Flavio Furian e Massimiliano Cernecca

Il manuale della boba de Borgo (2019)
Flavio Furian e Massimiliano Cernecca

Il libri des rispuestis furlanis (2018)
Felici ma furlans e Andrej Prassel

El libro dele risposte triestine (2017)
Andrej Prassel

STRAFANICI
Sirene e cocai (2022)
Sabrina Gregori e Chiara Gelmini

Mati drio el balon (2021)
Giuseppe Vergara e Chiara Gelmini

Sua maestà Capo in B (2020)
Micol Brusaferro e Chiara Gelmini

Animali triestini e dove trovarli (2019)
Giulio Giadrossi e Chiara Gelmini

Inps factor - i veci de Trieste (2019)
Micol Brusaferro e Chiara Gelmini

Libero libera tutti (2019)
Francesca Sarocchi e Chiara Gelmini

Mirella Boutique (2018)
Micol Brusaferro e Chiara Gelmini

Ciacole al Pedocin (2016)
Micol Brusaferro e Chiara Gelmini

El Pedocin (2015)
Micol Brusaferro e Chiara Gelmini

STORIA
L'aquila è la pace (2023)
Giorgio Sclip

Il calcio a Trieste (2022)
Bruno Gasperutti

Vita a Palazzo Silos (2021)
Annamaria Zennaro Marsi

Trieste 1719: quando gli Asburgo scoprirono il mare (2019)
Edda Vidiz

Tergeste, dove regna la bora (2018)
Edda Vidiz

PUPOLI
Vox Pupoli (2020)
Vile&Vampi

La leggenda della Bora (2020)
Edda Vidiz e Bernardino Not

STRUCOLETI - per bambini
Arturo - Un cane di Trieste (2022)
Emily Menguzzato e Raffaele Lodolo

Laila impara el triestin (2021)
Nicole Vascotto

Strafanici per tuti i cantoni de Trieste (2021)
Cristina Marsi e Dunja Jogan

La trisnonna Clementina e la Risiera di San Sabba (2020)
Alessandro Slama e Roberta Zucca

Sisì, Ottone e la cantina musicale (2018)
Zita Fusco e Fabrizio Di Luca

SAN NICOLÒ - per bambini
Le zavate de San Nicolò (2021)
Cristina Marsi e Ingrid Kuris

San Nicolò e el pesseto gialo (2021)
Cristina Marsi e Ingrid Kuris

Le mudande de San Nicolò (2020)
Cristina Marsi e Ingrid Kuris

San Nicolò e i Krampus (2020)
Cristina Marsi e Ingrid Kuris

La bereta de San Nicolò (2019)
Cristina Marsi e Ingrid Kuris

GIOCHI
Le cronache della Biosfera (2023)
Diego Manna e Sara Paschini

Tachite al tram (2022)
Diego Manna e Erika Ronchin

Barkolana (2017)
Diego Manna e Erika Ronchin

www.ingramcontent.com/pod-product-compliance
Lightning Source LLC
LaVergne TN
LVHW091308150826
845673LV00006B/1581

* 9 7 8 8 8 3 1 9 0 8 7 8 8 *